千駄木ねこ茶房の文豪ごはん 二

あったか牛鍋を囲む愛弟子との木曜会

山本風碧

富士見L文庫

目次

一　因縁の雑煮

1

柱も天井の梁《はり》も飴色《あめいろ》になった、古い家屋の茶の間。

千駄木《せんだぎ》にあるカフェの店内から一枚の扉で仕切られただけの生活スペースには、火鉢から漂う炭の匂い、それから餅《もち》を炙《あぶ》った香ばしい香りが流れ込んでいる。

茶の間のこたつに入っているのは、一匹の黒猫。口元には白いひげの模様が入っていて、首輪にはネクタイがついている。

どちらも人であれば風格を上げるアイテムなのかもしれないが、愛らしい猫についた口ひげはどこか滑稽《こっけい》で、ネクタイもシュールである。だが二つが相まって、なかなかに可愛《かわい》くて『映え』る猫となっていた。

だがその猫は可愛いだけではない。

先の白いふさふさのしっぽで、じれたように畳を叩《たた》いていた猫——夏目漱石《なつめそうせき》の生まれ変わりの『猫先生』は、我慢の限界だと大声を上げた。

「亜紀《あき》、腹が減った！　まだにゃのかね！　この匂いの中《にゃか》で待つのはだいぶんつらいぞ」

茶の間からの注文を受け、厨房《ちゅうぼう》で調理中だったこの店を預かる店主——小日向《こひなた》亜紀は返事をする。

「猫先生、もうちょっとですから、待ってくださいー！　って、さっきまでお蕎麦《そば》を食べてたじゃないですか！」

「にゃにを言っておる。あんにゃのは飲み物だよ」

「お蕎麦は飲み物じゃありませんから！」

亜紀は今年初のため息を吐くと、雑煮《ぞうに》の調理を続ける。

今日は元日。ねこ茶房で迎える初めての正月だ。

といっても、年が明けたのはついさきほど。

年越し番組を見ながら漱石の好物の牛鍋《うしなべ》を食べ、年越し蕎麦も食べたというのに、あの小さな体のどこに入るというのだろう。

（っていうか、そもそもお雑煮って、こんな時間に食べるものじゃないよね……）

亜紀の家では元日の朝に食べるものであった。だが、漱石にとっては食べたい時が食べる時であるらしい。

「亜紀さん。この猫、タダ飯食らいなんですから、無視していいんですよ」

続いて茶の間から、しっとりした低い声が届く。

「寒月《かんげつ》くん、今日は君も同じだろうに、偉そうにするのではにゃいぞ！　というか、にゃんで君までここにいるのかね。図々《ずうずう》しいにゃ」

漱石の文句の相手はさつき——水島寒月《みずしまさつき》だ。

漱石の著書である『吾輩《わがはい》は猫《ねこ》である』の登場人物『水島寒月《かんげつ》』にちなんで、寒月の祖母がつけたのだ。そのため漱石は、親しみを込めて彼を『かんげつ』と呼ぶのだった。

亜紀が出来上がった雑煮を持って茶の間に上がる。

すると、くっきりとした二重瞼《ふたえまぶた》、長い睫毛《まつげ》、わずかに憂いを湛《たた》える瞳《ひとみ》が亜紀を捉《とら》える。

「図々しい……ですか？」

寒月に目を覗《のぞ》き込まれて、亜紀は手に持ったお盆を落としそうになった。

大分慣れたとはいえ、未《いま》だにうっかり直視すると心臓が誤作動を起こして止まりそうになるほどのイケメンなのだ。

しかも今日は髪を整え、タートルネックにニットのジャケットという奇麗めの服を着ている『寒月』モードで、破壊力が抜群である。（ちなみに、くたびれたジャージを着て分厚いレンズの眼鏡をかけると別人のような『さつき』モードとなるのだが、そのギャップに亜紀は未だに慣れない）

亜紀は落ち着こうと、深呼吸をする。

「いえ、とんでもないです。こちらから来ていただいたのに」

祖母が未《ま》だ入院中なので、定期的に顔を見せに行きたかったし、なにより漱石を放っておくわけにもいかないので、亜紀は実家に帰らなかった。

それに、一度実家に帰ってしまうと、母が理由をつけて家に縛り付けてきそうな気がしたのだ。

そして、寒月も実家に帰らないというので、亜紀がここに招いた。

寒月が実家に帰らない事情は知らない。気にはなるけれど、前に少し聞いた感じでは複雑な事情を抱えているようだった。

今の関係――客と店主という関係だ――で踏み込んで聞いていいのかはよくわからず、彼から話してくれるのを待っている。

「図々しいと言うより、一人暮らしの女人の家に上がりこむにゃど、助平にゃ――」

「亜紀さん、猫の雑煮には大きな餅を入れたらいいですよ。また猫踊りが見られるかもしれませんし」

寒月は、すこぶるていねいな口調で毒を吐くと、漱石の話を遮った。

「にゃんと！　寒月くん、君は私を殺す気かね！」

「殺しても死にそうにないですけれどね。また転生するんじゃないですか」

やれやれと思いながら、亜紀はやり合う二人の間に出来上がったばかりの雑煮を置いた。

「ほらできました！　これは猫先生も大丈夫なやつですよ」

湯気のあがる椀《わん》の中には小松菜と鶏肉《とりにく》。だしは関東風である。

寒月の分には七輪で焼いてぷっくりと膨らんだ餅、漱石のほうは餅の代わりに小さく丸めた白玉団子が入っている。

以前、喉《のど》に詰まらせて死にかけて以来、餅は漱石にとって泣き所なのであった。

「おおお白玉とは考えたにゃ！　さすが亜紀。寒月君とは心遣いが違う」

「いただきます」

無視して寒月が雑煮を食べる。

仕事のストレスで痛めていた胃は、退職後すっかりよくなったらしい。

何でも美味《おい》しそうに食べてくれるので、亜紀としても作りがいがあって嬉《うれ》しい。

寒月の頬がじんわりと緩んでいく。作り物めいた端整な彼の顔が、人間らしさを取り戻す瞬間の一つ。それを見るのが亜紀の密《ひそ》かな楽しみだ。

「では今年の抱負を語ってもらおうかにゃ」

雑煮を食べ終わった漱石が突如口火を切り、亜紀はきょとんとした。

「え？　抱負、ですか」

新年の抱負など、小学生の時以来かもしれない。

昔祖母とここで過ごした正月を思い出し、なんとなくほっこりする。

「そうですねえ……あ、ちょっと待っててください」

亜紀はふと思い出して、二階の自分の部屋へと向かう。そして机の上からスケッチブックを取り上げると、茶の間へ戻った。

「これです」

スケッチブックを開き、こたつの上に置く。

「ふむ」

漱石の目の瞳孔《どうこう》が丸くなる。

「前に見せてもらったデザインですね」

寒月も興味深そうな顔でスケッチブックを覗き込んだ。

色鉛筆で描いたそれは、以前考えた店の看板のデザインだった。

「近々作ってもらおうって思ってるんです。やっぱり、看板って大事ですし」

もともと祖母のものだったこの店は『カフェすぷりんぐ』という名前だ。レトロな看板は今の店の雰囲気にそぐわず、ちぐはぐさが目立つため、仕舞ってメニューの黒板で代用している。

保健所へ『漱石ねこ茶房』と店名変更を申請するのと同時に、看板を替えようと考えているのだ。

「ほう」

漱石は嬉しそうに目を細める。

「それから、慣れてきましたし、新しいことも始めたいです。メニューを増やしたりとか」

　準備中のおしるこ、鶏《とり》ソップ、牛鍋丼も早くメニューに組み込みたい。

「いいですね。楽しそうです」

　寒月が頷《うなず》き、嬉しくなった亜紀は尋ねた。

「さつきさんの抱負は？」

「おれは、そうですね……無事に起業することですね」

「起業する……って」

　亜紀は目を丸くする。つまり会社を作るということだ。

　聞いて知っているはずなのに、いつもびっくりしてしまう。

　漱石などは「社員が一人でも会社はできる」とあっさりしたものだが、亜紀の感覚では会社というものは作るものではなく、雇われて勤めるものだった。

　まずどんな手続きをすればいいのか、まったく想像がつかない。

「そういえばどんなお仕事なんです？　確かデザイン会社って言ってましたよね？」

　デザイン会社という響きはすごくおしゃれで、仕事モードのスタイリッシュな寒月にはよく似合うと思った。

　寒月はくすりと笑う。

「建築デザインですよ」

「建築……デザイン？　お家《うち》を建てるお仕事ですか？」

確か寒月は二級建築士の資格を持っているはず。

だがやはり亜紀には縁のなかった仕事なので、いまいちイメージが湧かない。

「古民家の再生をメインにやれたらなと思っています。フリーランスから始める方法もあるので、会社にするかはまだ悩んでるんですけど」

寒月はわずかに笑みを浮かべた。

「古民家……」

思わず目を見開いてしまう。

「昔の家の良さを残しつつ、今の時代に合う新しさを出すのは、やりがいがあるなと思っていて」

寒月は言いながら茶の間の梁や柱を見つめる。

「す、素敵、ですね……」

つられて亜紀も室内を見回してしまう。

味のある梁、それから柱に窓枠。いかにも古民家といった風情のそれ。

(まさか、うちの店に関わったことがきっかけ……なのかな)

寒月と目が合う。その目が優しく緩むのを見て、胸が凄《すさ》まじい音を立てて跳ねた気がした。

　彼も亜紀の店を大事に思ってくれている、そんな風に思えた。

　思わず目を逸《そ》らしてしまって慌てる。

（うわ、目、逸らしちゃった……！　感じ悪いよね!?）

　誤魔化そうと漱石に話を振る。

「せ、先生はっ、えっと、今年したいこととか」

　見ると漱石は目を細めてどこかニヤニヤとしている。心を見透かすような目だ。

「そうだにゃあ、……あ、私は今年は『SmartPhone《スマートフォン》』がほしいぞ！」

「スマホ……ですか？」

　見た目は猫、中身は文豪・夏目漱石にはとてもそぐわない、しかも即物的な単語に、亜紀は目を瞬《しばた》かせる。

「どなたかとお電話したいんですか？」

「いや、あれだよ、思う存分『Internet《イニャネット》』とやらがしたいのだよ」

　さっきから妙に発音が良い《い》――いや猫だからところどころ微妙な発音になっているが。

　そういえば漱石は東大で英文学を教えていたのだった……と思っていると、寒月がため息を吐いた。

「そういう高級品を簡単にねだらないでくださいよ」

「高いのかね？　あれだけ皆《みにゃ》が持っているのに？」

「最新機種だと十万はします」

確かに、と亜紀は唸《うな》る。

だが、実のところ、亜紀のスマホを独占されるのも困りごとではあった。

調べ物がある時などに限って、漱石が使用中だったりするのだ。　個別に用意できれば便利だし、できることなら叶《かな》えてあげたい気もする。

しかし、先立つものがない。

仕事を辞めてしまったし、貯金もさほどないのだ。

どこからか捻出《ねんしゅつ》できないかと考えていると、寒月が仕方なさそうにため息を吐いた。

「おれの家に古いタブレットがありますから、それを差し上げますよ」

「え、いいんですか？」

「猫に小判だとは思いますけれど。くれぐれもSNSとか、個人情報の扱いには気をつけてくださいよ」

「こじんじょうほう？」

漱石がこてんと首を傾《かし》げた。

「ご自分のことを詳《つまび》らかに書くとか、このお店の内情を書くとか、そういうことです」

「にゃにが問題にゃのかね」

「……世の中、善人ばかりじゃないってことですよ」

寒月が少し憂いのある顔で言う。

「確かににゃあ。素知らぬ顔で亜紀をだましていた男が身近にいたにゃあ」

漱石が寒月を見つめてしみじみと言い、二人の間に険悪な空気が漂うのを亜紀は感じた。

「せ、先生も大人なんですから大丈夫ですよね！」

フォローするものの、どこかぎこちない空気は消えることがない。

亜紀はどうしたものかと考え、ふと名案を思いつく。

「そうだ。せっかくですし、初詣《はつもうで》に行きましょう！」

2

「こ、こんなに混むんですね、ここ」

年が明けたばかりの根津神社《ねづじんじゃ》は大混雑であった。

普段はない出店が裏門にまで建ち並び、イカ焼きか、たこ焼きかそれとも綿飴《わたあめ》か、雑多な匂いが充満している。

どこにこんなに人がいたのかと驚きつつ、参拝客の列に並ぶ。

夜中だけあって足下から冷気が忍び込む。結構な寒さにふるりと震える。

（猫先生は大丈夫かな……）

ふと足元を見るが、見当たらない。

慌てた亜紀が寒月を見上げると、漱石はちゃっかり彼の腕の中にいた。

「踏まれては敵《かにゃ》わぬからにゃ！」

そう漱石が言うと、前に並んでいた参拝客が振り向いてぎょっとした。

例によって寒月が喋《しゃべ》ったと思われているらしいが、イケメンと『にゃ』のギャップはひどすぎるのだ。

今年も継続しそうな災難に、寒月は冷たい目で腕の中の漱石を睨《にら》みつけている。

「地面に落としますよ」

「それにゃら、亜紀に抱いてもらうかにゃあ」

とたん、寒月の纏《まと》う空気が氷点下になった気がした。

「さ、さつきさん、落ち着いて」


参拝を終えると、あれこれと買い食いをしたがる漱石をなだめながら店に戻ることにする。

根津神社は根津駅と千駄木駅のほぼ真ん中にある。

細い参道から不忍通《しのばずどお》りに出ると、人の波は根津方面と千駄木方面へと分かれていった。

店は根津駅寄りだ。だが、寒月は千駄木駅の方へ足を向けた。

どうしたのだろうと思っていると、

「散歩して帰りませんか。月も奇麗ですし」

と寒月が言う。

見上げるとまんまるの月が西の空で輝いている。

「本当ですね」

提案に乗り、歩き出すと漱石が不思議そうに口を挟んだ。

「寒月くん、その意訳の件にゃのだが、私は、そんにゃ訳をした覚えはまったくにゃくて

――ふが！」

寒月は直後、腕の中の漱石の口をガッツリ摑《つか》んで閉じさせる。

「知ってます。おれだってそういうつもりで言ったんじゃないですから！」

寒月は珍しく焦っていた。

「この三四郎《さんしろう》がぁ、ふが！」

「どうかしたんですか？」

「いえ。なんでもないですよ」

寒月の足取りは亜紀に合わせてくれているのか、ゆるやかで心地よかった。

冬の空は澄み切っていて、月光もどこか冷たく鋭い。

ふと隣を歩く寒月の名前を思う。

(冬の月……かぁ。なるほど)

月光に照らされる彼の横顔は、空に浮かぶ月に似て、澄み切った美しさがあると思った。

ふと見ると、路地裏にあった古民家が佇《たたず》まいを変えていた。窓にはチラシが貼ってある。

街灯を頼りに目を凝らすと、『カフェ近日オープン』、と書いてあるではないか。

古民家を改装したカフェ。なんとなく亜紀の店と印象がかぶる。

(ま、まぁ……古民家カフェなんて、今時そんなに珍しくはないよね。私だって、参考にさせてもらったことがあるし……)

以前寒月に連れて行ってもらったカフェを思い出す。

あちらは大正《たいしょう》時代の古民家を改装したものだった。

大丈夫だと自分に言い聞かせるが、なんとなく胸のざわめきを消すことはできなかった。

＊

店の前まで戻ると、寒月が「じゃあ、おれはここで」と言った。

亜紀ははっとする。なぜか、一緒に店に戻るような気がしていた。

店の裏に、塀一枚を隔てて建っているアパートが彼の住処《すみか》。下手すると、大声を上げるだけでも意思疎通ができるくらいのご近所なのだ。

「あ……はい、それでは、また。今年もよろしくお願いします」

「今日はありがとうございました。ごちそうさまでした。今年もよろしくお願いしますね」

寒月は客だ。

だから自宅に戻る、それは当然のことなのに、寂しさが全身を覆う。

彼を見送って店に入ると妙に広く、そして寒々しく感じる。火鉢の炭は、まだ灰の中でくすぶっているというのに。

寒月は特におしゃべりなわけでもない。だが彼がいるだけで、空気が華やぐような気がする。

（さつきさんがいないだけで、ここは、こんなに広くて、寒い）

賑《にぎ》やかな正月が一気に終わってしまったようで落胆してしまう。

ふと足下にふわりと熱を感じて見下ろすと、漱石が体を寄せ、丸い目を細めて笑っていた。

「そんにゃ顔をするくらいにゃら、引き留めればよいのに。特別にゃ障害があるわけでもあるまい」

「……！　そ、そんなんじゃありませんから！」

亜紀は慌てる。そしてすぐに顔をそらして表情を隠した。この漱石という人――いや、猫は察しがいい。隠し事は難しいのだった。

3

明くる日——といっても元日の午後、少しだけ寝坊をした亜紀は、茶の間のちゃぶ台でノートを広げた。

新しく作ったノートには、一ページ目に看板デザインが貼り付けてある。

あの後、なんとなく寂しさを紛らわすために作業をしていたら、つい夢中になって仕上げてしまったのだ。

無垢《むく》材に文字を彫り込むシンプルなデザインだ。

ひとまずパソコンに入っているフォントで作ってみたが、手書きの方が味がある気がする。

誰か上手《うま》い——というより味のある字を書いてくれる人を見つけなければならない。

そして次のページからは計算式が書いてある。カフェの経営本で勉強して、損益分岐点を計算し、それを元に売り上げ目標を立てたのだ。

目標は一日三万円だ。家賃がないのでノルマとしてはそこまで高くはないのだけれど、ビーフシチュー十食とトーストセットだけで達成するとなると、なかなか難しいと思えた。

そもそもトーストセットだけだと六十食も売らねばならない。

となると、今のままでは営業時間が足りない。店は狭いし、回転率がいいというわけでもないのだった。

「うーん……つまりは営業時間を延ばすしかないってことだよね」

そう結論づけた亜紀は、年明けの営業開始とともに、午後一時までとしていた営業時間を午後三時までに延ばすことにした。

＊

「すごいねえ、順調じゃないか」

カウンターの隅の席に陣取った神田《かんだ》が、珈琲《コーヒー》を飲みながらぼやく。

午後二時半。ラストオーダーの時間だった。その時間帯を狙って神田は現れるのだ。時間が時間なので食事はしない。このところは娘さんが作った食事をおとなしく食べているようだった。

「そのうち落ち着くと思ってたんだがなぁ」

相変わらず歯に衣《きぬ》を着せない神田に苦笑いをしながら、亜紀は珈琲を淹《い》れる。淹れ方もだいぶん板についてきたと思う。神田が美味《おい》しそうに飲んでいるので、ほっとする。

「なんだったか、ななみが言ってたなあ、行列のできる店って……SNS？　で話題になってるとかなんとか」

「え、そうなんですか？」

ななみちゃんというのは神田の孫娘だ。確か小学六年生だが、もうSNSを使っているのだろうか？　自分が子どもの頃のことを思い浮かべて驚く。

神田は自分のスマートフォンを取り出すと、ななみちゃんが送ってくれたらしい画像を見せてくれた。

「ほんとだ」

『猫漱石がご案内！』というタイトルのついた黒猫――漱石の画像だった。お客さんの誰かが店前で撮影して投稿したものらしい。

漱石が店の前のベンチでくつろいでいて、その前には火鉢の焼麺麭《トースト》セット目当ての客がずらっと並んでいる。

「人気爆発ってやつだねぇ」

そう言う神田は少し不満そう。祖母のやっていたのんびりしたカフェを懐かしんでいるのがわかる。

だがそれでも毎日のようにやってきてくれる、頼もしい常連さん。

本当にありがたく、心強く、大事にしようと思っている客だった。

「これだけ繁盛してたら、新しく店員を雇った方がいいかもしれないな」

神田が言い、確かにと思う。昼時にはトイレに行く時間もとれないのだ。

だが、そうするとまた売り上げ目標が変わってしまう。人件費というのが一番大きい経費なのだから。

「うーん」

店を閉めたあと。ノートを前に悩んでいると、がらりと扉が開く。顔を上げると寒月だった。

彼は週に何度か、仕事帰りに夕食を食べにやってくる。

「あ、さつきさん、おかえりなさい」

「ただいま帰りました」

そんなやりとりはいつの間にか自然なものになっている。

「ええと、夕食をお願いしたいんですが大丈夫ですか？」

「大丈夫ですよ」

実のところ、彼が来るのを想定して多めに作ってあるのだった。

寒月はコートとジャケットを脱ぐと、手慣れた様子でハンガーに掛ける。そしてネクタイを緩めながら、亜紀の手元を覗《のぞ》き込んだ。

「何を悩んでるんだ？」

口調が変わると嬉《うれ》しくなる。本人はあまり自覚していないのだけれど、これはくつろいでいる証拠なのだ。

(ふふ、さつきさんだ)

くすぐったく思いながら、寒月にお冷とおしぼりを出す。

そうして亜紀は昼間に考えたことを口にした。

「アルバイトさんとか考えた方がいいのかなって」

「なるほど」

「でもそうすると、今のままだと難しい気もして」

人件費を考慮して売り上げ目標を出すと、ほぼ倍になった。つまり六万円。こうなると一気にきつくなる。

じっと計算式を見ていた寒月はふと口を開く。

「席は増やせない。店の回転率はそう上げられないから、客単価を考えるべきかも」

鉛筆を握ると、彼はささっと数字を書き込んだ。電卓も使わずに。

(暗算だ……)

頭がいいのは知っているのだけれど、ちょっとしたことでびっくりしてしまう。

しかも専門外のことのはずなのに、すぐに問題点を把握しているのだ。

「焼麺麭セットは、なかなか単価を上げられないだろうけれど……。炭火を使うから原価も意外にかかっているはず」

亜紀は頷《うなず》く。あと手間もかかるのだった。

「つまりは、新しいメニューを考えたほうがいいってことですか？」

寒月が頷いた時、

「にゃんだと！　新メニュー⁉」

ソファで寛《くつろ》いでいた漱石が突如話に割り込んできた。

亜紀は苦笑いしながら言った。

「新しいメニューですぐに取り掛かれそうなのは、『牛鍋丼』と『おしるこ』ですかね。元々追加メニュー候補でしたし」

『漱石ねこ茶房』という名のとおり、漱石にゆかりのあるものだ。

「二つ？」

ちょっと物足りないという顔で寒月は尋ねた。亜紀もそう思っている。

「あとは、『鶏ソップ』を牛鍋丼のセットにしようかなって……」

そう言いながら亜紀は思い出す。

寒月が胃を痛めて寝込んでいる時に、そのスープを飲ませてあげたことを。するとお冷を飲んでいた寒月が突如むせた。見ると彼は耳まで真っ赤になっていて、亜紀は仰天する。

（う、うわ……え、さつきさん、まさかあの時のことを覚えてるの⁉）

意識が朦朧《もうろう》としていたし、その後あの話に触れることもなかったので、鶏ソップのことは覚えていないものかと思っていた。

スプーンでソップをすくい、寒月の口に運んだ時のことを思い出すと、亜紀も寒月と同じように顔が赤くなってしまう。

（そ、それに、あのあと――）

覆いかぶさった大きな体を思い出して飛び上がりそうになった亜紀は、慌てて話題を変える。

「え、えっと、それだけじゃやっぱり物足りないのでもっと増やしたいんですけど、先生、何か他に好きなものはありますか？」

「私の好物、かね？」

漱石は嬉しそうにすると、

「うん、好物はいっぱいあるぞ！　落花生《らっかせい》、まつたけ、がんもどき、……それから、それから――鳥鍋《とりにゃべ》！」

と言った。

亜紀はメモをとっていたが、途中で手を止めてしまう。

「……がんもどき？」

カフェにふさわしいメニューが一つもなくて困惑した。

（うーん、カフェでがんもどき、鳥鍋？）

すると顔を険しくした寒月が言う。

「それじゃあ居酒屋だ。漱石の好物にこだわる必要はまったくないと思うんだけど」

先ほどの名残なのか、耳が赤いままの寒月は不満そうに漱石を見る。

漱石は「うらやましいのかね？」とニヤニヤしている。

「牛鍋丼、おしるこ、……鶏ソップまではいいと思うけど、他はちょっと癖がありすぎて使うのは難しそうな気が。それより――」

寒月は何か言いたげに亜紀を見る。

どうしたのだろう？　と思っていると、寒月は少し残念そうにため息をついた。

「そうだな……他の――文豪にゆかりのある食べ物を出しても面白いと思うんだけど」

他の文豪？

考えもしなかった。

「でも、『漱石ねこ茶房』なので……それに私、そもそも文豪にそれほど興味があるわけではなくて……猫先生の人柄を知って、夏目漱石の本を読みたいと思ったんですよね。それで、好きになったっていうか」

だから漱石にこだわりたいのだ。そう言うと、漱石はまんざらでもないというふうににんまりと笑う。

一方、寒月は顔をこわばらせて鞄《かばん》を漁《あさ》った。そしてにっこりと笑みを浮かべると、亜紀に一冊の本を押しつけた。

「芥川龍之介《あくたがわりゅうのすけ》なんかは、やはり人気だし。短編が多くて読みやすいけど」

それは『羅生門《らしょうもん》』だった。

カバーはなく、角が潰《つぶ》れている。へたれた様子に寒月の祖母のものだろうか、と思ったが、版を見ると結構最近のものだった。それにしては随分と読み込まれている。

(あ、これ、教科書に載ってなかったかな)

高校の時に読んだような気もするが、内容はうろ覚え。読み込むほど文学に熱心な生徒でもなかったのだ。

「……あ、ありがとうございます」

店のことを一緒に考えてくれる寒月の気持ちは嬉しいけれど、亜紀は内心少ししょんぼりしてしまう。

ふと、ノートに描いた看板デザインのことを思う。

頃合いを見て感想を聞こうとしていたのだけれど、なんとなく見せるタイミングを逃してしまった。

(だって他の文豪のゆかりのものも出すってなると、先生の名前をお店につけられなくな

るよね）

水を差されたような気分になってしまったのだった。

二　牛の店、馬の店

1

正月が明けてしばらくは、店のことで精一杯の日々が続いていた。アルバイトの件、新メニューの件と考えねばならないことは多かったが、やってくる客の対応で忙殺されてそれどころではなかった。

だが、鏡開きが終わって数日後のこと、亜紀《あき》は久々に空席を見つけて首を傾《かし》げる。待機客を呼びに表に出ると、待っている人は一人もいなかった。

（あれ？　……そういえば）

日に日に長くなっていた行列は、二日ほど前から伸びなくなり、昨日は短くなっていた。天気で左右されることがあるので、あまり気にしていなかったけれど。

店内に戻ると、いつも通りカウンターに座っていた神田《かんだ》が、早めに席を立った。

「そういえば……ええと、今日は猫はいないのかい」

珍しく漱石《そうせき》を気にする神田を不思議に思う。

「寒いですからね。このところはずっと母屋のこたつで寝ています」

「そうか。その方がいいな」

神田にしては歯切れの悪い物言いを気にしつつ、「ありがとうございました！」と見送りに外に出た。

見上げると、雪を載せたような重い雲がどんよりと空を覆っている。

ぶるりと震えた亜紀は、確かに今の時季は外で待つのはつらいかも——と客の減りを理由づけた。

閉店後、久々にゆとりができたので、ノートを取り出す。この時間を無駄にはできないと思ったのだ。

アルバイトについては求人情報を出し、応募が来たら面接などもせねばならないだろう。また新メニューの牛鍋丼《うしなべ》、おしるこはまだ試作が必要だった。

店内に甘辛い香りが漂い始めると、漱石が母屋から現れた。

「牛鍋丼《うしにゃべ》か！　あれは何度《にゃんど》食べても飽きぬにゃ！」

牛鍋丼の試食はすでに十回を超えているが、味を微妙に変えても全部「うまい」という感想なので実のところあまり参考になっていない。

好物の牛肉が入っていれば何でもよい、そんな感じなのだ。

（うーん、これ、さつきさんにも食べてもらおうかな）

その点寒月《さつき》の舌——それと、表情は漱石より繊細な変化があるので、参考になりそうだ。

その寒月の来訪を待っていると、彼はいつもよりずいぶん早めに店にやってきた。

「亜紀さん、大変です」

顔色が悪い。また胃を悪くしてしまったのだろうか、そんなことを考えて心配になった直後、寒月はスーツの内ポケットからスマートフォンを取り出した。

「これ、見てください」

画面を見て、亜紀は固まった。表示されていたのはSNSの投稿だ。

『ビーフシチューに猫の毛が入ってた〜！　怒怒怒』

というテキストと一緒に投稿されているのは、この店を正面から撮った写真、猫の毛らしきものが載せられたビーフシチューと、漱石の写真だったのだ。

ショックで目の前が暗くなる。

数日前からの出来事が頭の中を駆け巡る。

少しずつ減った客。常連客のどこか不安そうな顔。神田の、漱石を気にする言葉。

足元から悪寒がよじ登ってくる。まさか、という想《おも》いともしかして、という想いが入り交じる。

「――私じゃにゃいぞ！」

足元の漱石が文句を言い、亜紀ははっとして頷いた。

毎日開店前に念入りに掃除をしていたし、漱石は厨房《ちゅうぼう》には絶対に入らないようにしていた。

だが、猫の毛など風で飛ぶほど軽いものだ。可能性は捨てられない。

売りにしていたコンセプト自体が牙《きば》をむくとは思いもしなかった。

「とにかく、こちらの投稿者に連絡してみますから。投稿、消してもらえるように交渉してみます。――大丈夫ですからね」

寒月は念を押すように言うと、

「仕事に戻ります」

と店を出て行く。仕事中だというのに心配してきてくれたのだとやっと気づいた。

その気持ちを嬉《うれ》しく思う。

だが、それでも緊急事態だということに変わりはない。亜紀はソファに沈み込むと頭を抱えて深く息を吐いた。

2

夜になって再び寒月が現れた。だがその顔には憂いが浮かんでいて、交渉がうまくいっていないことがすぐにわかってしまう。

「捨てアカウントらしくて、反応がありません」

どうやらその投稿だけのために作られたアカウントらしいということだ。

それから、と寒月は二枚目の写真を指差した。

「これ、ここのビーフシチューですか？」

「え？」

「料理だけ写真の雰囲気が違うので、もしかしたらこれだけ違う場所で撮っている可能性もあるなと」

亜紀は目を凝らす。

その写真はシチューをアップで撮ったもの。具は牛肉に人参《にんじん》にじゃがいもにブロッコリー。具材は同じだがそもそも、店のシチューは特別なシチューではなく王道だ。同じようなものがあってもおかしくない。

器が違うような気がしないでもないが、こちらも白いシンプルな器なので確認はできなかった。

「でも、もしそうだったとしても、なんでそんなことを？」

寒月は渋い顔をして、「ちょっとついてきてもらえますか」と亜紀を外へと誘う。

連れて行かれたのは、谷中銀座《やなかぎんざ》に向かう途中の路地にあるカフェだった。

正月の散歩のことを思い出す。近日オープンと書かれていたけれど、どうやら三日前にオープンしたらしい。

客足が急に遠のいたのはこのせいでもあるとわかる。この店は千駄木駅《せんだぎえき》や日暮里《にっぽり》駅と亜紀の店のちょうど中間点にあるのだ。

客の流れというのは、ちょっとしたことで変わってしまうが、こういったライバル店ができるとてきめんに変化が現れるのだと知る。

古民家風の店の前には赤レンガを敷いたテラスがあり、アンティーク風の犬小屋が置いてある。その前では可愛《かわい》らしい柴犬《しばいぬ》がしっぽを振っていた。

店の隣にはオリーブの木が植えられていて、和と洋の不思議な組み合わせが古民家を今風に、おしゃれに見せている。

店は午後八時閉店で、まだまだ営業中だった。

夕食時だからか客は多く、席は半分以上埋まっている。

好奇心に押され、ふらふらと店に入ってみる。

見かけよりも広い店内には珈琲《コーヒー》の香りが漂っており、広いカウンター席の向こうに大きなラテマシンが置いてある。

「いらっしゃいませ！　お二人様ですか？」

店員に促されて席に座る。アルバム風のメニューを開くと「柴犬印ふっくらトーストセット　七百円」、「ビーフシチューセット　千円」が目に留まった。

（これって……パクリ？）

表面だけまるごと真似《まね》されたような気がして、気分が悪くなる。

腹の底に得体の知れない黒々としたものが渦巻く。それが怒りだと気がつくのに時間はかからなかった。

頼んだトーストセットはすぐにできあがり、テーブルの上に並ぶ。

トーストには柴犬モチーフの焼き印が入り、ラテには犬のアートが描かれていた。

「可愛い〜！　これめっちゃ映える！　後でアップしよ！」

隣の席の客がきゃあと黄色い声を上げ、写真を撮っている。

トーストをかじるけれど、焼き印の押された普通のトーストだった。亜紀の店の火鉢の焼麵麭《トースト》のほうが格段に美味《おい》しい。

だが、客にとっては『可愛い』、『映える』の方が価値がある。そういうことなのだろう。

トーストを単調な味のカフェラテで無理矢理に流し込むと、亜紀は力なく席を立った。


店への帰り道、寒月が重い口調で言う。

「知らせずにいようかと思ったんですけど」

亜紀は首を横に振った。

「大丈夫です。ありがとうございます」

知っていたほうが良かったはずだ。だけど、今はショックが大きくて、感謝の言葉にも力が入らない。

「味は明らかに亜紀さんの方が上ですから」

寒月が静かに怒っているのがわかって泣きたくなる。

店に戻ると、漱石が納得いかないという表情で待っていた。

「あれは私の毛か？　本当に？」

「わかりません」

寒月が首を横に振った。

「写真なので……確認しようがありません。ただ……偶然が重なりすぎていて気持ち悪いなと思います」

亜紀はひやりとする。胸の底の疑いを見透かされたような気がしたのだ。

似たような店のオープンとともに、一方の悪評がこんな風に都合良く流れるものだろうか。本当にただの偶然なのか？

――そんな疑いが。

「大丈夫ですか？」

寒月が亜紀を覗《のぞ》き込む。

だが言葉がうまく出てこない。

今後どうなるのか。未来が見えないと思ったのは久々だった。

3

予想していた通りに、客足はまったく戻らなかった。

やってくるのは騒ぎを知らない一部の常連客、もしくは知っていて応援に駆けつけてくれる客だった。

その客の一人である神田は、いつもより早い時間にやってきて、祖母が店主だった時と同じように焼麵麹セットを食べていく。――まるで何もなかったかのように。

それがひたすらありがたい。

「この方が静かで落ち着くから。ずっとこのままでいいくらいだがね」

直截《ちょくせつ》に失礼なことを言う神田に苦笑いをしつつも、亜紀はふと思った。

(確かに……神田さんたちにとっては今の店の方が落ち着くんだよね)

成果を出すことに躍起になっていなかっただろうか。火鉢の焼麵麹セットというのも、たまたま当たっただけのこと。ビギナーズラックに寄りかかりすぎていたのかもしれない。

『亜紀、牛になりなさい』

漱石の言葉を思い出したとたん、自分が焦っていたことに気がついた。ふっと心が軽くなる。

(ちょっと原点に返って、見直してみよう。地に足をつけて、牛みたいにゆっくり進も

う）

成り行きではじめて、訳もわからず突っ走ってきたせいで、見落としてきたことも多い。

どうやらアルバイトを雇う必要もなくなったし、新メニューどころでもない。

その分の時間を、店について、これからについてじっくり考える時間に充《あ》ててみよう。

そう思う。いや、思い込むことにした。

（まずは……あ、そうだ）

延ばし延ばしにしていたことがあった。

食品衛生責任者の資格だ。今は祖母が持っているから営業できているけれど、常駐できない祖母に頼った状態で宙ぶらりんにしておく訳にはいかない。

祖母は元気になったら戻ってくる気でいるし、まだ完全に譲り受けたわけでもないからと延ばしていたけれど、覚悟が決まっていないと言っているようなものだ。

思い立ったが吉日、とさっそく亜紀は『食品衛生責任者』の講習を予約することにした。

だが、予約のページに飛んだ亜紀は目を丸くした。

都内で受けられる講習の予約は数カ月先までびっしりと埋まっている。

（うわあ……なにこれ!?）

これでは取得が半年後ということになりそう――その間になにかあったらと焦った亜紀だったが、ふととある文言が目に留まった。

資格は越境して取得できると書いてあったのだ。

それならば、と実家のある自治体で調べてみる。

するとぽつんと空きがあった。

勢いで一番近い日時を予約すると、その日を臨時休業と決め、貼り紙を作る。

えい、と扉に貼ると外のベンチの籠《かご》の中でくつろいでいた漱石が、

「お、行動が早いにゃ」

と褒めてくれる。そして後ろ足でカシカシと首をかいた。

そののんびりした佇《たたず》まいに、なんだかほっとする。

（うん、焦らなくていい。牛になろう）

その言葉を嚙《か》み締めるようにすると、亜紀はにっこりと笑った。


それから一週間ほどが過ぎた。寒月の働きかけも届かず投稿は未《いま》だ消してもらえない。悪評は消えることなく漂い続け、店は閑散としたまま。発注は調整したので、なんとか食品ロスは抑えられているが。

焦るまいと自分に言い聞かせていたものの、見えない未来にどうしても鬱々《うつうつ》としてしまう。

無事に資格も取り、時間があったらやろうと思っていた様々なことを終えてしまうと、

とたんに現状が重くのしかかってくる。

店には常連さんが数名来るだけの日々だ。

一方、例の柴犬カフェは大盛況らしく、瞬く間に行列のできる店として評判になっていた。

駅や谷中銀座に行く時に通る道なので、どうしても目に入ってしまうのだが、見かけるたびに憂鬱になってしまう。

（焦らない、焦らない。牛の店、牛の店！）

言い聞かせてみるものの、一週間もの間乱用したせいか、言葉の効果は薄れがちだった。

4

その日、買い出し帰りの亜紀はしょんぼりしていた。

例のカフェの前を通ったせいだ。

だが、店に戻ると、ベンチで待っている人影を見つける。とたん沈んでいた気分がふわりと浮上した。

（ああ、今日も来てくれたんだ）

このところ寒月は毎日のように店にやってきてくれる。しかも早い時間に来ては昼の売り上げにも貢献してくれるのだ。

ふと見ると、スーツ姿の寒月の膝の上には漱石が乗っている。そして寒月の手の中の古ぼけた本に二人して釘付《くぎづ》けになっていた。

亜紀に気づかないくらいに集中して読んでいるらしいが、端から見るとずいぶんと『映える』絵だなと思ってしまう。

英国紳士風のひげの猫が、イケメンの膝の上で本を読んでいるのだから。

通行人がちらちらと視線を向けている。あからさまに振り向いて凝視していく人もいる。

亜紀もそのうちの一人だった。

こんな絵が美術館においてあっても不思議じゃない。奇麗でしばし見とれてしまう。

「ああ、亜紀、おかえり」

漱石の方が亜紀に気がつき声を上げた。

「た、ただいま帰りました」

声と同時に、寒月ははっとしたように顔を上げた。そして「おかえりなさい」とふんわり笑う。

「お待たせしてしまったみたいで、すみません。寒かったでしょう。中に入りますか？」

「ええ」

寒月はそう言うと漱石を下ろした。

スーツに数本の猫の毛を見つける。

とたんSNSの投稿、事件の発端を思い出してしまう。

「毛、クリーナーで取りますね」

亜紀は粘着式のクリーナーを取り出すと毛を取っていく。

「やっぱり色は、黒ですね」

寒月がクリーナーについた毛を見てふと呟《つぶや》く。

難しい顔で「ちょっとそれもらっておいていいですか？」と言った。

どうするんだろうと思いつつも破り取った粘着シートとビニール袋を渡す。

寒月は、それを受け取ると粘着面を内側にして丁寧に畳み、鞄《かばん》に入れる。同時に手に持っていた本をしまおうとする。

亜紀は気になって尋ねた。

「そういえば、二人で何を読まれてたんです？」

「芥川龍之介《あくたがわりゅうのすけ》ですよ」

彼は表紙を見せてくれる。タイトルは『藪《やぶ》の中』だった。

芥川龍之介と聞き、亜紀は『羅生門《らしょうもん》』を借りたままだったと思い出した。見るなりハッとする。

（そっか、文学——忙しくてできなかったこと、まだあった！）

気づいたとたん、じわり、と顔が赤らんでくる。

急激に恥ずかしくなってきたのだ。

亜紀の目には、さきほどの二人の、文学が好きでたまらないという顔が焼き付いている。

そんな二人から見ると、文学に興味がない亜紀は、どう見えているのかを考えてしまった。

借りた本も読まないでいて、文学を知ろうともしないで、夏目《なつめ》漱石の名前を使おうとしている、そんな亜紀は、どれだけ浅はかに見えるだろう。

柴犬《しばいぬ》カフェのことを表面だけ真似《まね》して——などと怒るなどとてもできない。

中身が無いのは自分も同じだと思ったのだ。

(だって、私だって、ハリボテだ)

亜紀は店に入ると三人分の珈琲《コーヒー》を淹《い》れる。そして借りたままだった『羅生門』を手にとるとソファに腰掛けた。

寒月がわずかに目を見張り、口元を優しく緩ませた。

寒月、漱石は引き続き、『藪の中』を読み始めた。亜紀も続く。

ページをめくると端正な文章が目に飛び込むと同時に、頭に話が流れ込んできた。

(え、なんか……読みやすい)

想像していたものと違って驚いてしまう。どこかに『教科書』というイメージがあったからだろうか。堅苦しく、難しいものが書かれていると思っていたのだ。

(え、書く人によってこんなに違うんだ？)

読者をどんどんと話の中に引きずり込んでいく。そんな文章。

なんとなく漱石の文章と似ている。けれど、こちらは遊びがないというか、とにかく一切の無駄を嫌って削《そ》ぎ落としたような、そんな印象があった。

びっくりするくらいするりと話を読み終わってしまって、亜紀はしばし呆然《ぼうぜん》とした。

(……おもしろ、かった！)

こんな感想を抱くとは思わなかった。

最後に大正四年と書かれているのを見て別の感動が湧き上がる。

(大正四年って)

スマートフォンで調べると一九一五年だった。この話がそんな昔に書かれているということに驚いてしまう。そのくらい、古さをまったく感じなかった。

(文豪って、文豪と言われる理由があるんだ……)

どうりで芥川賞と名のつく賞があるはずだ。

圧倒的に面白かったので、亜紀は続けて他の話も読みたくなっていた。

「あの、さつきさん――」

「次は、こちらなんかがおすすめですよ」

寒月は聞かずともわかったのか、鞄から別の本を取り出した。

某アニメに出てくる四次元ポケットのようだと思ってしまう。以前持ち歩いていたのは漱石の著書だったけれど、今は芥川ブームなのだろうか。

本のタイトルは『蜘蛛《くも》の糸』。亜紀は目を見張った。

「え、私これ知ってます」

子どもの頃に絵本で読んだものだったが、芥川が書いたとは知らなかった。

「『赤い鳥』という雑誌に寄稿した初の子ども向け作品です。他にも童話を何編か書いていますが」

寒月が言うと、読書中だった漱石が顔を上げた。

「『赤い鳥』か――三重吉《みえきち》が自分の子どものために作ったとかいう、子ども向けの雑誌だったかにゃ」

「発行は大正七年なのに、よくご存じですね」

漱石の没年は大正五年だ。不思議に思うと、漱石はふふん、としっぽを揺らした。

「タブレットをもらったからにゃ。あやつらがその後どうしたのか気ににゃったから調べたのだよ」

あやつら？　と首を傾《かし》げる亜紀に、鈴木《すずき》三重吉は漱石の弟子なんですよ、と寒月が教えてくれる。

「それに、芥川も漱石の弟子ですよ」

「えっ！」

他の文豪だし、と眼中に入れていなかったが、まさか漱石とゆかりのある人物だったなんて。

（あぁ、さつきさん、ちゃんと漱石に関係のある文豪の作品を紹介してくれていたんだ）

その気持ちが凄《すご》く嬉《うれ》しくて舞い上がりそうになる。

しかも子どもが読めるような話も書いていると知ると、ハードルがさらに下がった。

「『羅生門』は入門にいいんですけど、おれのおすすめは『藪の中』、『蜜柑《みかん》』です。もしご興味があったらぜひ」

寒月はなんだか嬉しそうだ。その顔を見て、もしかしたら寒月はずっと文学の話をしたかったのかもしれないと思い当たった。

自分の好きなものを好きになってもらえると嬉しい。それは、自分の美味《おい》しいと思うものを美味しいと言ってもらえることと似ている気がした。

それならば、もっと彼のおすすめを読んでみようと亜紀は思う。

ひとまず『蜘蛛の糸』を受け取り、再び物語の中に入っていく。

懐かしいストーリーをなぞっているのに、受け取り方は随分と違った。

幼い頃には感じなかった深みを味わえる。苦くて飲めなかった珈琲の味がわかるようになったみたいに。

(なんだか、いいな。この時間)

こんな風に珈琲を飲みながら、ゆっくりと文学を味わう時間はすごく贅沢《ぜいたく》だ。

「あ、そっか」

亜紀ははっとした。

(私、こういう空間をつくればいいんじゃない?)

今までは漱石をモチーフにするといっても、漱石の好きな食べ物を集めただけだった。彼の著書も店に並べているけれど、まだ数冊では、雰囲気が出せていない。

というより、文学好きには物足りないのではないだろうか。

ならば、珈琲と『文学』を味わう時間をコンセプトにすればいいのではないか。

そう思いついたものの、亜紀はすぐにむう、と唸《うな》ってしまう。

(でも『文学』を味わう空間って……具体的に何をすれば? ブックカフェみたいな?

それって、本を置くだけでいいの?)

文学好きの客が何をしたら喜ぶのか。全くアイディアが浮かばないのだ。

漱石の好物に比べると、ずいぶんと難しい。

(いいアイディアだと思ったんだけど)

亜紀はため息を吐くと天井を仰いだ。

三　『羅生門』と鰤の照り焼き

1

六畳一間のフローリングには広めのダイニングテーブルが置いてある。上にはノートパソコンが一台と筆記用具。窓際に大きな本棚があるだけで、他には家具はなくまるで生活感のない部屋。だが間取りのせいで自宅にいるように錯覚する。

それはアパートの一室を丸ごと使った、寒月《かんげつ》の新しいオフィスだ。

しばらくいろんな物件を見て回ったが、ここしかないと結論づけ、先日契約を済ませたばかりだ。

弱々しい陽光が差し込む窓のサッシはがたついていて、わずかに吹き込んだ隙間風が足元を駆け抜ける。

作業をしていた寒月は、その冷たさにはっと我に返る。

(ずいぶん根を詰めていたな……)

起業のためにやらねばならないことはたくさんあった。

資格取得のための勉強、それから事業計画書の作成に資金と協力者集め。税務、法務の手続きに加えて名刺の作成、ホームページの制作などの雑務。さらには仕事をとってくる営業もすべて自分でこなさねばならない。

眼鏡を外すと目頭をもみ、唯一金をかけたリクライニングチェアから立ち上がり伸びをする。椅子には金をかけろとは、大学時代の友人からもらった最初のアドバイスだ。

休憩を入れようとエクセルファイルを閉じ、スマートフォンでSNSを開く。そして一つのアカウントのタイムラインをつぶさにチェックしていく。

それは例の『猫の毛』を告発したアカウントだ。管理会社には連絡したものの、対応はまだしてもらえていない。

苛立《いらだ》ちを覚えるものの、アカウントを消してしまえば手がかりも消える。それは惜しい。数人、詳しそうな人間が思い浮かぶ。協力してもらえば、告発も可能かもしれない。

「書き込みはここで止まってるな。……進展はなしか」

ふとアカウントの『お気に入り』欄を見る。寒月はSNSをそれほど密に使っていないのでよく知らないが、どうやら気に入った投稿を保存するブックマークのような機能らしい。

日付を見て目を見開く。二日前の投稿に反応しているではないか。

(まだ稼働している?)

フォローしているアカウントをチェックして眉《まゆ》を寄せる。そこに見覚えのある写真を見つけた寒月は静かに息を吐いた。

2

カフェをもり立てるいいアイディアが浮かぶことのないまま、翌日、亜紀《あき》はいつもどおりに店を開けることにした。

客はほとんど来ないのだけれど、祖母の常連客を失うわけにはいかないし、休んで心配をかけるわけにもいかない。

鬱々《うつうつ》とした気分を無理矢理に払って開店準備をする。

「先生、すみませんが今日から店には入らないでもらえますか……？」

そう頼むと漱石《そうせき》は「もちろんだ」と快諾した。この間の事件を彼なりに気に病んでいるらしい。

「ふうむ、たまには宣伝でもしてみるかにゃ」

漱石が何かぶつぶつと言っていたが、亜紀は粘着クリーナーを手に掃除に忙しい。一本の毛だって逃さない、そんな覚悟で念入りに掃除をする。

だが、十時の開店と同時にやってきたのは常連客ではなく、二人連れの男性客。

二十代前半に思える風貌《ふうぼう》で、髪をそれぞれ赤、青と派手な色に染めている。

今までに来店したことのない新規客だった。

亜紀は不審に思いつつも、心のどこかで期待してしまう。もしかして、悪評も薄まってきているのかもしれない、と。

(人の噂《うわさ》も七十五日とか言うけど……それにしては早すぎる……よね)

騒ぎからまだ一月も経《た》っていない。

一抹の不安を抱えつつ、

「……いらっしゃいませ!」

亜紀は客を迎え入れる。

だが、入ってきた二人の客は、きょろきょろと店内を物色するように見ている。

その手にはそれぞれスマートフォンが握られていて、片方のスマートフォンには自撮り棒までもがついている。

胸がざわりといやな風に騒いだが、彼らは客だ。しかも久々の新規の客。

胸騒ぎを堪《こら》えて、ソファ席に案内する。

「こちらの席へどうぞ」

だが、

「いや、明るい方がいいんで、こっちいいっすか?」

と男たちは窓際のテーブル席に座る。

「大丈夫ですよ」

そう言いながら、お冷とメニューを出す。

すると、彼らはメニューを一瞥《いちべつ》もせずに、「じゃ、噂のビーフシチウセットで！」と注文をした。

亜紀が注文を受け厨房《ちゅうぼう》へと戻ると、彼らの忍び笑いが聞こえ不安が膨らんだ。

（噂のって……？　どういう意味？）

不快さを顔に出すわけにもいかずに、亜紀が作業に移ると新しい客が入ってくる。

丸眼鏡をかけた男性客は、濃紺の羽織《はおり》に着物という上品な和装に身を包んでいた。襟元《えりもと》から白のスタンドカラーシャツが覗《のぞ》くため、どこか大正時代の書生の雰囲気だ。

（いったい何が起こってるわけ？）

濃い面々にやや混乱しながらメニューとお冷を出す。

「少々お待ち下さい」と言って珈琲《コーヒー》を淹《い》れ、ビーフシチウを皿に注ぐ。

赤青の二人客はその間、勝手に店内の写真を撮っていた。

撮影禁止とは書いていないが、その角度だと亜紀も入っているのではないかと不安になる。

珈琲と一緒にビーフシチウセットをテーブルに出すと、客はその写真も撮り出した。

料理を撮るのは見慣れた光景だったのだが、彼らは写真を撮り終わっても食べずにスマートフォンをいじり続ける。

（な、なんなの、この人たち）

せっかくの熱々のシチューが冷めていく。珈琲の香りも消えていく。

気になりつつ、和装の客の注文を取ると、彼は珈琲だけを注文した。

カウンターの内側でもどかしい気持ちで珈琲を淹れていると、突如赤い髪の男が、「じゃ、やりますか！」と自撮り棒のついたスマートフォンを掲げ、

「はーい！　鉄槌《てっつい》チャンネルの正義《せいぎ》でーす！」

と大声を上げる。そして、もう一人も、

「仁義《じんぎ》でーす！」

とスマートフォンに笑顔を向けた。

（は？）

これはいったい何なのだ。固まる亜紀の前で客は続けた。

（あぁ、これ……もしかして、動画の撮影？）

SNSで画像の投稿はよく見かけたけれど、動画は初めてだ。

どう対応してよいかわからずに混乱する。

和装の客が迷惑そうに顔をしかめている。それはそうだ。カフェというのはこんな風に騒ぐ場所ではない。

「あの、申し訳ありませんが、他のお客様のご迷惑になりますので」

たまらずに割り込むと、「はぁ？　邪魔しないでもらえます？　こっちは金払ってんだからさあ」と赤髪ににらまれる。

「ってか、迷惑って？　誰に？　客とかほとんどいねーし！」

青髪の男がゲラゲラ笑う。

カウンター席の客が見えないのだろうか。

「いらっしゃいます。とにかく、撮影はご遠慮願います！」

「なんでぇ？　おれらSNSに載ってる写真見てきたんだけど。他のやつはよくって、おれらはだめってこと？　ダブスタじゃね？」

そう言うと青髪の男がスマートフォンの画面をこちらに見せる。

それはSNSのとあるアカウントのタイムラインで、アカウント名は『夏目《なつめ》漱石』。フォロワーは一万人を超えていて、自己紹介欄には「吾輩《わがはい》は猫漱石である」と書いてあり、トップに固定された投稿は「転生してみたけど何か質問ある？」だった。

プロフィールの画像は見覚えのある髭《ひげ》の黒猫。

しかも男が軽くスクロールするとどうやら炎上しているようだ。

読んだ亜紀は目を見開く。猫の毛事件についての投稿だった。

『私の毛じゃにゃいぞ！　陰謀だ！』

と冤罪《えんざい》を訴える投稿に、大量のリプライがついているのだ。

(なにこれ)

亜紀はすさまじく嫌な予感がして顔をひきつらせた。

「これって、お姉さん、あんたなんじゃないっすか?」

赤髪がカメラを向けながら笑う。

「は?」

「だってここの猫でしょ、この写真」

ぎょっとする亜紀の前で、画面が上にスクロールされる。

そこには今朝の投稿があり、「今朝も焼麵麭《トースト》セットを食べたが、相変わらず旨《うま》かった」

というフレーズとともに、髭の猫のあざと可愛《かわい》い写真が投稿されていた。

(うっ)

これがどこでどうやって撮られたのかまで想像がつく。

頭を抱えたくなっていると、赤髪がニヤニヤと笑った。

「ステマしてなんとか店の信用回復しようって思ってるみたいだけどさぁ、こういうのって卑怯《ひきょう》じゃないっすか? それより土下座でも何でもして謝ってさぁ、一からやり直すとかするのが筋ってもんじゃないんすかぁ?」

なんなのだ。これは。

謂《いわ》れのない侮辱に怒りと恐怖で体が固まってしまう。

「違います。そのアカウントは私じゃないですし、ステマ？　とか、考えもしてないです」

「そんなすぐばれる嘘《うそ》とか、吐かない方がいいんじゃない？　証拠だってあるんだし〜」

そう言うと赤髪が投稿の一部を指さす。そこには小さな字で千駄木《せんだぎ》と書いてある。

「ほら、ここ位置情報残ってまーす」

追い詰めた、という余裕のある顔。

自分が正義だと疑わない顔に吐き気がしてきた。

「あ、猫の毛！」

ぎょっとして声の方を向くと、青髪が指で毛をつまんでいる。

（え、さっき掃除したし！）

だがそれが漱石のものではないという証拠はない。猫を飼っている限り、その可能性は否定できない。

青髪はシチューに猫の毛を載せて写真を撮る。

「ちょっと何してるんですか⁉」

亜紀はたまらず大声を上げる。

「ほら、『悪徳業者には鉄槌を』ってね」

赤髪の男がスマホを開く。

彼が見せたのは動画投稿サイトのチャンネル名だった。

「悪徳って――」

この店が？　悪徳？

怒りのせいで声が震える。

「おれたちは国民が悪い業者にだまされないように、こうやって戦ってるわけなの。正義の味方なの。弱いものの味方！」

「正義？　弱いもの？」

正義とは何だ。正義のためにやっているその行動は正義と呼べるのか。

亜紀は怒りで卒倒しそうになる。

「あ、おねーさん、お冷が空だよ！　気が利かないなぁ。だからこんな寂れちゃうんだって！」

ニヤニヤとした笑みを向けられ、震える手でお冷のポットを掴《つか》む。このままぶちまけて追い出してやりたい。

そう思った時、

「そういう下種《げす》なことはやめませんか」

静かな声が響いた。

見ると店の入り口には寒月がいた。

足下には漱石がいるが、店に入らずにこちらを睨《にら》みつけている。ピンと立った尻尾《しっぽ》の毛は逆立っている。

（あぁ、助けを呼びに行ってくれた……？）

とたん、亜紀は冷静になり、お冷のポットを静かに下ろす。

ちっ、と青髪が舌打ちをするのを見て、どっと冷や汗が出る。

彼らは亜紀をあおっていたのだと気がつく。そうして面白い画《え》を撮るつもりだったのだと。

（――取り返しのつかないことになるところだった！）

亜紀は思わずその場にしゃがみこんだ。

「あーあ、台無しじゃん」と赤髪がうんざりと言い、青髪が寒月に尋ねた。

「あんた、なに」

寒月は涼しい顔で言った。

『夏目漱石』アカウントの中の人ですよ」

「は？」

「SNSを開いてみてください」

そう促すと、寒月はタブレットを取り出して漱石アカウントを表示。そして「私がにゃつめ漱石だ」と投稿する。

とたん、ぱっと男たちのスマホにその投稿が表示された。

「にゃ……？」

男たちの目が泳ぐ。

亜紀を叩《たた》く正当性がなくなったと思ったのかもしれない。男たちは一気に青ざめた。

「朝の投稿はステマでも何でもないんですよ。美味《おい》しいと思ったから紹介しただけです。それに何か問題が？」

「いや、その……」

「写真と動画、消していただけますか？」

「は、なんで」

「肖像権をご存じない？　それにこんなに騒いでおいて営業妨害と思わない？　警察を呼びましょうか？」

「…………」

押し黙る男たちに寒月はスマホを出させる。

そして逐一チェックをして店の写真を消したあと、念を押すように言った。

「ああ。もし、何かありましたら警察に相談しますから。鉄槌チャンネルでしたっけ。せっかくなのでチャンネル登録させていただきますね」

寒月はスマートフォンを出すと検索をし始める。そしてチャンネル登録したあと、すぐに通報ボタンを押した。

「おれのフォロワーにも紹介しておきますね。通報ボタンと一緒に」

「い、いや、おれたち——帰ろっか！」

「そうだな、帰ろう」

そそくさと逃げ出そうとする男たちの腕を寒月は摑む。

「お待ちください」

にっこりと笑う。だがそのまなざしは氷のように冷たい。

彼はテーブルに残ったシチューと冷たい珈琲《コーヒー》を指さす。

「お食事、まだじゃないですか？　こちらのビーフシチウ、美味しいので、ぜひ」

シチューには猫の毛が載せてあるが、寒月は断ることなど絶対に許さないという顔をしていた。

その後、男たちは逃げるように出て行った。

倍額の料金、それと冷めたシチューと珈琲、猫の毛を残して。

「ご迷惑おかけしました。またのお越しをお待ちしております」

もう一人の和装の客にはコーヒーの代金をサービスして送り出したが、きっと印象は最悪だ。二度と来てくれないだろう。

(久々のご新規さんだったのに……な)

しょんぼりしつつ客の背中を見送っていると、寒月がため息を吐いた。

「この頃ああいう迷惑系が多いんですよ。彼らは衝撃的な映像で閲覧数を増やして広告収入を得ているみたいです。しかも、ああいったタイプの『叩く』動画は人気があって、行き過ぎる人間を助長してるというか……。叩くことで憂さ晴らしをしたい人間が多いのかもしれません」

このところSNSなどでよく見かける、「悪」ならばいくらでも叩いてよいという風潮を見るに、なんとなく理解できる気がした。

ぱっと目に入ってわかりやすく「悪」であるならば、反射的に叩いてしまう。それが真実かどうかよく確かめもせずに、だ。

しかも情報は一方通行で拡散されるものだから、一度「悪」認定されてしまった側は、話を聞いてもらうことすら難しいのだった。

もし、あのチャンネルで動画が拡散されていたらと思うとぞっとする。

たとえあの男たちが、後でこっそり『間違いでした』などと謝罪したとしても、その謝罪に興味を持つ人間は、先の動画そのものに対するものよりきっと少ない。

(あの時、さつきさんが来なかったら……)

感謝してもしきれないと思った。

そうして亜紀のピンチに駆けつけてくれる彼が、とても頼もしく思える。

「ありがとうございました。本当に助かりました」

「いつでも呼んでくれていいんですよ」

そう言うと、寒月は一瞬の躊躇《ちゅうちょ》のあと、

「ご迷惑でなければ、これ」

と言ってごそごそと胸ポケットから取り出したメモを差し出す。

そこには電話番号とメールアドレスが書いてあった。

メモ紙はだいぶんくたびれていて、最近書いたものではないというのが伝わってくる。

そのことに自分でも気がついたのか、寒月はやや慌てたように「汚い紙ですみません」

と謝る。

だが亜紀にはわかってしまう。

彼がこれを差し出す機会をずっと窺《うかが》っていたということが。

そんな場合じゃないというのに、笑いたくなってしまって困った。

うつむくと、入り口で様子を窺っていた漱石と目が合う。その目がニヤニヤと笑っている。

「ありがとうございます。わ、私のもお渡ししておきますね」

亜紀は電話の隣にあるメモ用紙に自分の番号を書きつける。そして寒月に渡した。

寒月はなんだかひどく感慨深そうにその紙を見つめていた。

あの後、寒月はすぐに「オフィスに戻ります」と言って仕事に戻ってしまったので、ろくにお礼ができなかった。

だからこそ亜紀は、今度顔を見せてくれた時には目一杯のごちそうをしようと思っている。

＊

(今日はどうかな。お昼に来たから夜は来ないかも……)

未《いま》だ客と店主の関係。来るかどうかは彼の都合と気分次第だ。

それがもどかしくなっている理由に、亜紀はなんとなく気づいていた。

『今日はお店に来られますか？』

連絡先ももらったのだ。ひとまず、その一言が言える関係になりたい。

だが、いざとなるとなかなか勇気が要る。

最初の一文が出てこない。どうしようと考えていると、からからと店の扉が開いた。

「いらっしゃいま――」

そう笑顔で振り返った亜紀は、丸眼鏡を見た瞬間に固まった。

黒のインバネスコートを羽織ったどこか古風な印象の男。それは先日迷惑系の二人とほぼ同時に来店した、あの和服姿の男だった。

あんな事があったのだから、どう考えてもいい印象を持つはずがなかったのに、あの日以来、一日も欠かさずに来店しているのだ。

（あの日からっていうのが、どうしても気になるんだよね……）

薄気味悪い、言ってしまえばそうなのだけれど、大事な客にそんなことを思ってしまうことさえもが罪な気がする。

男を改めて見る。初見では丸眼鏡と服装の印象が強くて気づかなかったが、すっきりと端整な顔立ちをしている。

さらさらとした髪は、奇麗に左右に流して整えられていて、全体的に品の良さを感じた。

インバネスコートを脱ぐとチャコールグレーの着物が現れた。どうやら今日のものはウールで出来ているようだが、随分と高そうに見える。あまり詳しくないのでどのくらいの代物なのか想像もつかないが。きっちりと着付けられた着物を見ると、どこか潔癖そうな印象を抱く。

「席は」

ぼうっとしていた亜紀はハッとする。

「あ、あぁ、ええと、お好きなところへどうぞ」

慌ててお冷を用意する。

昼時を少し過ぎた店は閑古鳥が鳴いている。選び放題だが、彼はあえていつものようにカウンター席の隅を選んだ。

写真を撮るわけでもなし、動画を撮るわけでもなし。

珈琲を一杯だけ頼んで、一時間ほどパソコンを開いて何か文章を打ち込んでいた。

（うーん……和服にパソコンって、なんだか不思議な光景……）

大正時代あたりからタイムスリップしてきた人のようだ。

客がふとパソコンから顔を上げ、じっと扉を見た。

やがて深いため息を吐く。

喩《たと》えるならば、恋人を待ち焦がれるような、そんな切なさを感じるため息だった。

これが何度も繰り返され、亜紀はその仕草がどうしても気になってしまう。

そして……客が他にいないせいでとても気まずい。神田《かんだ》や常連客が来る時間とはずれているし。

重苦しい空気に耐えきれず、亜紀は外に出た。ベンチに置いた籠《かご》の中では漱石が丸くなっている。今日は日差しがあって暖かいからだろうか。茶の間から出てきたらしい。

「どうしたのかね」

顔を上げる漱石に、亜紀はひそひそと答える。

「あのお客さんのことなんですけど」

「あぁ、また来てるのか」

「……どうして毎日来られるんですかね。何も食べられませんし、うちの珈琲、そんなに安いわけでもないですし」

しかも、だいぶん上手《うま》くなったとはいえ、残念ながら特別に美味しい珈琲というわけでもないのだ。だから来店の理由がわからない。

「仕事しておるのだろう？　静かだからじゃにゃいのかね」

それは客がいないからということだろうか。

「今日はいませんけど、神田さんや常連さんはわりとよくしゃべりますよ」

他の客が来たら帰る、というわけでもないのだ。

漱石はむむむと唸《うな》った後、ふと思い出したように言った。

「そういえばあの男、少々臭うにゃ」

亜紀はぎょっとする。

「ええと、それ、間違っても口に出さないでくださいね」

「寒月くんがおらぬからしゃべらぬよ。だが、死にたがっておるのがわかる。にゃにが原因かは知らぬが、臭うのは間違いにゃい」

亜紀は首を傾《かし》げる。

「死にたがっている？」

漱石は頷《うなず》いた。その目にはどこか悲しそうな光がある。

「猫の鼻だからかにゃあ。死の臭いに敏感にゃのだよ」

そういえばと思い出す。

神田に向かって漱石は「臭う」と言ったことがあった。そして当時、神田は実際先立った妻の後を追いたいと考えていた。

しんみりすると同時に、客のことが急に心配になる。死にたいと思っているのなら、放っておけない。

彼は誰かを待っているようなそぶりをしていたが、その臭いと何か関係があるのだろうか？

漱石は丸い目を細めた。

「心配にゃら、寒月くんに相談してみればよいのではにゃいか」

寒月の名前にはっと顔を上げる。

「それにゃら、来店の理由にもにゃるだろうし」

いつしか漱石はニヤニヤと笑っている。

亜紀は慌てる。寒月を店に誘おうと思って、なかなかできずにいることを知っているような顔だったからだ。

（うわああ、見透かされてる！）

敵《かな》わないなと思いつつ、漱石の案をいただくことにする。

純粋に意見を聞いてみたいと思ったのだ。

(で、でも、初メールはやっぱり緊張する……なんて書こうかな)

亜紀が悩んでいると、漱石が「亜紀もたいがい牛だにゃ」と言って、やれやれとため息を吐く。そして籠の中にあるタブレットを起動すると、器用に文字を入力した。

書かれたのは一言。

『寒月くん、事件だ!!』

だがそれは漱石アカウントで投稿、発信され、一万人のフォロワーに届いてしまう。

「ちょっと猫先生! 事件って――」

ぎょっとするが漱石は楽しげに笑う。

「大丈夫。わかる人間にしか伝わるまいよ」

確かに、と他の投稿を見て思う。

寒月、それは『吾輩《わがはい》は猫《ねこ》である』の登場人物だし、さほど不自然には見えなかった。

投稿には『いいね』と『苦沙弥《くしゃみ》先生、事件ってなんですか?』というウイットに富んだリプライが次々についている。

さすがフォロワー一万人。

(でも、さつきさんも暇じゃないし)

投稿を見るかもわからないが、気づいた時に少し気に留めてくれたら嬉《うれ》しいと思った。

――のだが。

「事件って――どうかされたんですか!?」

五分後、血相を変えた寒月が店に飛び込んできたものだから、亜紀は愕然《がくぜん》とした。

「いえ、あのっすみません！　たいしたことないのに、先生があんなこと書いちゃって！」

「――あぁ、よかった……」

寒月は心底ほっとした様子でソファに沈み込んだ。

とその時、後ろで声が上がった。

「『先生が』って……どういうことです？」

声の近さにぎょっとする。

カウンターに腰掛けていたはずなのに、例の客がいつの間にか近くまでやってきていたのだ。そして寒月をじっと見つめて言った。

「あなたが『漱石』だって言ってましたよね」

何のことを言っているのだろう？　と少し考えて、はっとする。

あの時、やってきた寒月が打ち明けたのだ。自分が『夏目漱石』アカウントの中の人だと。

だが、そこにこだわる理由がわからずに目を白黒させる。

「僕、あなたに会いたくて、どうしても会いたくて、ここに毎日通っていたんです！ この間常連って言ってましたよね？ どうしていつも居ないんですか！ 嘘《うそ》だったんですか!?」

亜紀は思わず顔を赤らめた。

まるで恋人の不貞を問い詰めるような、そんな響きがあった。

（え、えっ!? つ、つまり、この人が吐いていたため息って、さつきさんに会いたくて？ え、どういうこと？）

真相を知りたくて寒月を見ると、彼は顔を引きつらせる。

「あの……失礼ですがどちら様でしょう」

「僕は真砂武弘《まさごたけひろ》と言います。SNSを見て、あの漱石アカウントにどうしようもなく惹《ひ》かれて！ いても立ってもいられずにここに来たんです！」

寒月が美しいのは理解しているけれど、同性も引き寄せるレベルなのだろうかと思うと驚いてしまう。

だが寒月はそれを聞いて、顔の緊張を解いた。

「漱石アカウントに惹かれた、のですか」

亜紀はハッとする。あのアカウントに惹《ひ》かれたとすると、彼が慕うのは漱石ということになる。かなりほっとする。

（しゅ、修羅場かと思った。ライバルが男性とか――）

と考えた亜紀ははっとする。

（ら、ライバルとか……違うって！）

自分に言い訳をしていると、客が寒月に紙の束を手渡した。

「これ！　読んでいただけませんか！　この間のここでの事件を元に書いたんです！」

端をダブルクリップで留めた紙の束には、縦書きで文字がずらずらと書いてあった。

少し覗《のぞ》き見てはっとする。これは――。

（小説!?　これ、小説の原稿だ！）

もしかしていつもパソコンで書いているのは小説だったのだろうか。

「あ、それから、これお土産です！　空也《くうや》がいいかと思ったんですが、予約してなかったので手に入らなくて。なので僕の好物を持ってきました。うさぎやの最中《もなか》、お好きでしょうか？」

客は、椅子に置いていた鞄《かばん》から、慌てたように紙包みを取り出すと寒月に押しつけた。

寒月は圧倒されつつも原稿と菓子を受け取る。

そしてさっと冒頭に目を通した後、顔を青くした。

「亜紀さん、猫はどこに」

「え？ えっとたぶん茶の間です。日が陰ってきたので」

「すみませんが、この原稿、すぐに読むので少々お待ちいただけますか？」

寒月が言うと客は頷いた。

3

「これをすぐに読んでください」

こたつに潜り込んでいた漱石を強引に引っ張り出すと、寒月は漱石の目の前に紙の束を置いた。

「にゃんだと言うのだね」

不満たらたらだった漱石の顔は、原稿を見るなりみるみるうちにこわばった。

「どうされたんです？」

二人とも様子がおかしい。

原因がわからずに戸惑っていると、寒月が言った。

「亜紀さん、この間お貸しした本、覚えていらっしゃいますか？」

この間借りた本と言えば、『羅生門《らしょうもん》』だろうか。それがどうしたのだろう？ と不思議に思いながら亜紀は頷いた。

「ではこの小説、読んでみてもらえませんか」

見ると漱石はすでに目を通したらしい。最終ページをじっと見つめて考え込んでいた。

亜紀はこたつの上に原稿を置く。

紙をめくったとたんに、ぐいと小説の世界に引き込まれるような感覚があった。その感覚に覚えがある。

さらに続くのは、磨き抜かれたダイヤのように硬質な文章。その既視感にぎょっとする。

その小説は『羅生門』――いや、『現代版羅生門』だったのだ。

「『男の行方は、誰も知らない』」

思わず最終行を口に出して読むと、寒月と漱石が同時にため息を吐いた。

『羅生門』の最後の文、『下人の行方《ゆくえ》は、誰も知らない。』[1]を否応《いやおう》なく思い浮かべてしまう。

それだけでなく、平安時代と現代で時代も違うし、そして扱う事件も『追いはぎ』と『SNSを使った迷惑行為』と全く違うというのに、内容が同じに思えたのだ。

特に、主人公の正義感が悪事を働く動機になっているところが。人の心の闇の書き方が、唯一無二だった。

亜紀の二の腕にはいつの間にか鳥肌が立っていた。

「もしかしたら、できのよいオマージュかもしれませんが」

静まりかえる茶の間で寒月が口を開く。

「オマージュ？」

あまり聞き慣れない言葉だった。亜紀が繰り返すと、寒月は「古典など、存在する物語を下敷きにして書かれた物語のことです。羅生門自体にも原典があるんですよ」と説明をくれた。

「その割には出来がよすぎるにゃ」

漱石が呟《つぶや》き、亜紀は頷いた。文学についてあまりわからないけれど、いやわからないからこそ、すごいと思ったのだ。

あの客が普通の人とは思えない。天才、という言葉が頭の中に浮かんでくる。

「それから、これ」

寒月は紙包みをこたつの上に置く。

「この最中も。できすぎている気がして」

「最中がどうかしたんですか？」

美味《おい》しそうだけれど、普通の最中に見える。

「うさぎやの最中は、芥川龍之介《あくたがわりゅうのすけ》の好物なんですよ。それから」

寒月はさらに、原稿に書かれた名前『真砂武弘』を指さした。

「彼は真砂武弘と名乗りました。『藪《やぶ》の中』の登場人物に『真砂』と『武弘』という名があります」

寒月が深い息を吐く。そして、頭をがしがしとかいた。

混乱しているのがわかる。亜紀だってそうだ。まさかという想いともしかしてという想《おも》いが交錯している。

「単なる熱烈なファンなのかも」

そう言って頭の中に居座る仮定を追い出そうとしてみる。

だが、もしそうだったとしたら、もっと主張が強いのではないか。あのさり気なさは逆に不自然だ。

「彼は、一言も『その名』を口にしていない。意識して行動しているようには見えなかった」

寒月も言う。そして最後に、

「私のようにゃ者が他にいにゃいとは、限らにゃい」

漱石が代表するようにその場にいる者の心中を口にした。

そうなのだ。

漱石がこうして存在しているのならば、他にいないとは言えないのだ。

「強い『未練』がにゃにかのきっかけで形ににゃる、そういったことが、あってもおかしくはにゃい」

「……強い未練――あなたの場合は食欲ですか」

寒月の表情が少し柔らかさを取り戻す。冗談を言えるくらいには落ち着いたらしい。

「まあにゃにより私には、これが『羅生門』にしか読めにゃい。……話を聞いてみたいが……そうだ、亜紀。確かめたいことがあるから少し頼まれてくれにゃいか」

不思議な漱石の頼み事に、亜紀は首を傾《かし》げつつも頷《うなず》いた。

4

客を寒月に任せて谷中銀座《やなかぎんざ》の鮮魚店に自転車を走らせる。材料が揃《そろ》うと、亜紀はすぐに作業に取りかかった。

切り身に塩を振って臭みを除くとフライパンで焼き付ける。そして醬油《しょうゆ》と砂糖と酒で甘辛く煮付けた。

ちょうどよく照りの出た鰤《ぶり》を角皿に盛り付けると、炊きたてのご飯と味噌汁《みそしる》とともに一緒にテーブルに置く。香ばしい香りと湯気を前に、客――真砂は目を丸くした。

「え、なんで、これ」

真砂はそう言いながらも料理に釘付《くぎづ》けだった。ごくん、とその喉《のど》が鳴る。

「どうして僕がこれを好きだって、知ってるんです」

真砂は鰤《ぶり》の照り焼きを前に顔を赤くする。

茶の間の扉が開き、漱石が現れると、真砂は目を細めた。

「猫？　どうして店内に？　だめでしょう、また誤解を招きますよ」

訝《いぶか》しみ、心配さえする真砂に向かって漱石が口を開いた。

「先ほどの作品、とてもよくできていた」

髭《ひげ》が口の動きに合わせて動く。それを見ていると、人間の漱石がしゃべっているように錯覚する。

だが真砂は声の主を探して寒月を見た。

『鼻《はにゃ》』もよかったがにゃ、君の作品はやはり、簡潔でいて深い」

寒月の口は動かない。

真砂の顔が驚きに染まっていく。

真砂はぐるりと店内を見回したあと、最後に猫を見た。

「せん、せい？」

真砂の口から言葉がこぼれる。

真砂は自分でもびっくりしたように目を見開いた。

「え、僕――僕は……え、なんで」

混乱した様子の彼は、自分の手元にある原稿を凝視した。

しばしの沈黙の後、彼は眼鏡を外す。そして両手で顔を覆った。

やがて口を開いた真砂は口調が変わっていた。

「なんだこれは。『羅生門』の焼き直しじゃないか。同じようなものを書いてどうするというのだ、僕は」

ははは、と乾いた笑いが漏れる。

「君は芥川くんかね」

漱石が優しく尋ねると、真砂は問い返した。その声は震えていた。

「あなたは……まさか……」

だが猫の姿に真砂は逡巡《しゅんじゅん》する。それでも、答えは一つしかないと思ったのだろう。

「夏目先生ですか」

「そうだよ」

漱石はひどく嬉《うれ》しそうに目を細めると、にゃあと鳴く。

「夏目先生、僕は」

真砂は目を見開く。言葉にならない感情が、その目から今にも零《こぼ》れ落ちそうだと亜紀は思った。

彼は何かを言おうとして言葉に詰まる。そしてうなだれた。

漱石が静かに言った。

「にゃぜ自ら命を絶つようにゃことをしたのかね」

「……っ」

一番言われたくないことだったらしい。真砂は苦しげに唇をかんだ。

「先生がいなくなったから――じゃないですか」

真砂は言葉を詰まらせる。

「僕にとって、先生の家に通ったあの一年間ほど刺激的な日々はなかった。あの日々を失って以来、僕は、『この先どうせ面白いことなどない』という、ぼんやりとした不安と戦い続けて――とうとう負けたのです」

真砂がうなだれると、漱石はその手の上に労《いたわ》るように前足を載せた。

「すまにゃかったにゃ。私にゃりに頑張ったのだが」

とうとうぼろりと大粒の涙が真砂の目からあふれる。

ううう、と唸《うな》るように泣き始めた真砂の手を、漱石は前足でなでる。

「とにかく食え。食って忘れてしまえ。君は考えすぎにゃのだよ」

彼は泣きながら、むしゃむしゃと鰤の照り焼きを食べた。

「旨《うま》いだろう？」

「はい、先生」

「たいていの悩《にゃや》みは旨いものを食って寝たら忘れる。いくらでも話は聞く。だから二度と、間違わにゃいように」

「……はい！　先生がいらっしゃるなら、間違いようがありません。先生がいらっしゃる限りつまらないなんて思いようがない。今度は、あの道を選ばずに、生きていきます」

「聞いたぞ？　約束だからにゃ」

息を止めて成り行きを見守っていた亜紀に、寒月がハンカチをそっと手渡した。

亜紀の頬は濡《ぬ》れていた。

「ありがとう、ございます」

なんだか涙が止まらないのは、きっと漱石がこの現代で心を分かち合える仲間を見つけたように感じたからだった。


泣きに泣いた真砂は、目を腫《は》らしたまま店を出て行く。

見送りに出た漱石に、真砂は深々と頭を下げたあと、少し躊躇《ため》らいながら言った。

「あの……また来ても、いいでしょうか？」

「にゃんだ？　にゃにか不安でもあるのかね」

漱石が問うと、真砂は自信がなさそうにする。

「自分のような者が、そう易易《やすやす》と先生のような方にご師事をいただくなど――もしご迷惑でしたらはっきりとお断りしていただければと」

（う、うわ、なんかまわりくどい……）

聞いている亜紀の方がもどかしく思ってしまっていると、漱石も苦笑いをした。

「君は変わらぬにゃあ。過剰な謙遜《けんそん》はよろしくにゃい。そういう時は、『僕が会いに来て迷惑だとも思うまいからまた来ます』とでも言っておけばよいのだよ」

「ああ……」

どこか感極まった様子で猫に向かって深々と頭を下げた真砂は、亜紀を振り向く。

「亜紀さんも、お世話になりました。鰤の照り焼き、美味しかったです。また食べに来ますね」

(え、『鰤の照り焼き』はメニューにはないんだけど……)

だがこんな風に言われてしまったら、用意しないわけにもいかない気がする。暇だから、いいけれど。

(というか、食べられそうなものがなかったから、珈琲《コーヒー》だけしか注文しなかったってこと?)

だとするとものすごい偏食だということになる。

苦笑いをしつつ、亜紀は頭を下げた。

「いつでもお待ちしております!」

ところが数日後、亜紀はその言葉を早くも後悔することになっていた。

真砂は翌日から毎日、店に入り浸るようになったのだ。

しかもそろそろ店を閉めようという時に滑り込むようにやってきては、他に客のいない店で鰤の照り焼きを注文し、漱石との会話を楽しみながら特別裏メニューを堪能《たんのう》していく。

曰《いわ》く、実家が呉服屋なので――だからいつも和装なのだそうだが――ゆくゆくは家業を継がねばならないが、どうしても小説が諦められない。家族には秘密にしていて家では書けないので、時間を見つけてはここでこっそり書いているのだそうだ。

（お店、閉められないんだけど……）

最初の対応を失敗した気がしてならない。

午後三時に閉店することを知らずに来店し、漱石と話ができないとショックを受けていた真砂が不憫《ふびん》で、少しならいいですよとついつい言ってしまったのだ。

（あの日だけのつもりだったのに……）

今更だめだと言いにくい。

閉店の札を表にかけながら、亜紀は大きくため息を吐いた。

「あの、ちょっと買い物に行ってきますけど」

なので帰ってくれたら嬉しい、と思って声をかけるけれど、

「わかりました！　では先生と留守番をして待っていますね」

と真砂は曇りのない笑顔で返してきた。

（こ、これは、計算なの？　それとも天然？）

つきあいが浅いのもあり、わからない。

亜紀は顔を引きつらせながらも、あきらめた。なにしろ相手は天才なのだ。

（だけど）

あれから芥川龍之介について調べてみたが、彼の晩年は悲惨、と言ってよかった。

義兄の残した借金のために、一家を養うために、馬車馬のように働かねば——金のために小説を書かねばならなかったという。

そういった話を知ると、こうして今生で何も背負わずに小説を書いているのは嬉しい。

今度こそ、楽しく、大好きな小説を書いてほしいと願ってしまう。

（鰤、安いといいけど）

亜紀は小さく息を吐くと、谷中銀座へと足を向けた。

〈引用文献〉

1　芥川龍之介『羅生門・鼻』六十九刷改版、18ページ、二〇〇五年、新潮社

※74ページ9行目の『　』で括《くく》った台詞《せりふ》は、右記より本文を引用しています。

四　ぼや騒ぎとやってきた三四郎

1

「もう二月かぁ」

カレンダーをめくりながら亜紀《あき》はため息を吐いた。このところ気を抜くとついため息が出てしまう。

月が変わっても客は常連客のみという、ある意味おだやかな日々が続いていた。賑《にぎ》わっていたあの日々は随分と昔のことのように思えた。それどころか、夢だったのではないかと思えるくらいだった。

少しずつ減っていく預金と反比例するように、焦燥感は増していく。だが、亜紀は店を立て直す具体的な案が未《いま》だ浮かばずにいた。

頭の中には『文学』という文字がぐるぐると回っている。

だけどそれがどうしてもカフェに結びつかない。なんとかヒントを捕まえようと、文豪の本を借りては読むものの、いい案は浮かばない。

そんなある日のことだった。

昼時だが客は常連客二名のみだった。そのうちの一名——真砂《まさご》に頼まれて亜紀は茶の間を覗《のぞ》き込んだ。

「猫先生、真砂さんがアドバイスが欲しいそうです」

こたつに潜り込んだまま漱石《そうせき》は、体を長く伸ばして、のんびりと床においたタブレットをタップしている。

こたつは人をだめにするとよく言われるが、猫もだめになっていると思う。

「何をお読みになってるんです？」

またSNSだろうか、と覗き込むと、画面には文字がびっしりだった。

「ただで読める作品だよ」

どうやら著作権の切れた無料の文学作品を読んでいるらしい。

(うわ、使いこなしてる……)

現代人として負けてる気がするのは気のせいだろうかと思っていると、扉が音を立てる。

「いらっしゃい——」

慌てて店に戻った亜紀は、いつものように勢いよく上げた声を途中で呑《の》み込んだ。

そこには二度と見たくないと思っていた顔があったのだ。

「うわぁ、メチャクチャさびれてんな！　昼時なのに、客、ほとんどいないじゃねえか」

ダブルのスーツ、そしてオールバックの髪。堅気に見えないその男には一度しか会ったことはなかったけれど、記憶には強烈に焼き付いていた。

「湯島《ゆしま》、さん。お久しぶりです」

他の客の目を気にしつつ、なんとか挨拶《あいさつ》を絞り出す。

相手は客なのだ。けんか腰ではまずい。

「ばあちゃんは元気か？」

むっとする。ここに居ないということは、どういうことかわかっているだろうに。

「――どうなさったんですか？」

客に聞くことではないと思う。だが、この男が何の目的もなくやってくるとは思えなかった。構える亜紀に湯島は言う。

「ちょっと色々聞きかじったからさあ。そろそろ閉める気になったかなぁって思ったんだけど、どう？　ここ、売る気になったんじゃないの？」

そう言うと、湯島はなぜかスマートフォンを出してSNSを開いた。そこには『水島寒月《みずしまかんげつ》』というアカウントが表示されている。

（え？　いつの間に？）

プロフィール画像は『吾輩《わがはい》は猫《ねこ》である』の表紙の写真だった。

十分前にされた一番新しい投稿には、シンプルなオフィスの写真とともに、「現在オフィス。事業計画書を作成中」と書かれていた。

「ほら、さつきくん？　会社立ち上げるらしいし、社長夫人とかになって楽させてもらえばいいじゃん」

相変わらず人の心を踏みにじるような発言。

カッとなりそうになったが、あえてにっこりと笑ってみせる。挑発だと思ったからだ。

「いいえ。幸い毎日お客さんがいらしてくださるので。一度もそんなことは考えたことないですよ」

「ふうん？」

湯島はため息を吐くと、勝手にソファ席に腰掛ける。

亜紀はお冷を出し、注文をとる。

湯島は、「あー、一番安いやつ」と、火鉢の焼麵麭《トースト》セットを頼んだ。

あくまで仕事で来たのであって、店にできる限り金を落としたくないのがみえみえだった。

それでもぐっと我慢して、亜紀はいつもより丁寧にトーストを焼く。

この味で黙らせてやりたい、そう思った。

亜紀の中でプライドがめらめらと燃えていた。

だが、焼麵麭セットを置いて「ごゆっくりどうぞ」と亜紀が後ろを向くなり、湯島が言った。

「うわああ、猫の毛が入ってたぁ！」

ぎょっとする。

亜紀のため、店のためにと、漱石はしばらく店に一歩も入っていない。だからこそ今度は絶対にあり得ない、そう思ったのだ。

だが湯島の指先を見ると、黒い猫の毛がトーストに載っている。彼はそれをいかにも汚らわしい、という風にプレートの上によける。

「噂《うわさ》どおりじゃねえか！　最悪だな！」

通りにまで響くような大声だった。

屈辱で亜紀は卒倒しそうになる。

とその時、かりかり、と茶の間の方からかすかな音がした。

漱石が爪《つめ》を扉に引っかける音。部屋を出ようとしている音だった。

（あ、猫先生！）

今は猫の漱石が出てきてはまずい。

「先生、大丈夫ですから。そこに居てください」

亜紀は漱石にそう頼むと、ぐっと怒りを呑み込んで湯島に言う。

「申し訳ありません、お取り替えします」

「頼むよぉ。あ、せっかくだからビーフシチューがいい」

一番高いメニューを頼む湯島に亜紀は目を剝《む》いた。

はらわたが煮えくり返るというのはこういうことだろうか。

亜紀はめまいをこらえて厨房《ちゅうぼう》に戻る。

いつものカウンター席にいた真砂が、不愉快そうに湯島を見ている。

「大丈夫ですか」

亜紀は頷《うなず》くのが精一杯だ。客に心配をかけるわけにはいかない。

こういったことは飲食店ならば乗り越えなければならない。練習の一つだと思い込もうとする。

涙が浮かびそうになるのを必死でこらえて大きく深呼吸をする。

そしてビーフシチューを用意する。これ一杯でことが収まるならいいと思った。

だが、亜紀は直後ぱっと顔を上げた。

「ちょ、ちょっとやめてください！」

湯島がたばこを吸い出したのだ。

「ここは禁煙です！」

「え〜〜〜、猫の毛食わせようとしたくせにさぁ、そのくらい大目に見てよ」

「いえ、困ります」

亜紀は途方に暮れる。

真砂とは別にもう一人いた別の客が顔をしかめ、会計を求める。

その顔には恐怖が張り付いている。

トラブルに巻き込まれたくない、早くここから出たいという焦りが見られた。

「申し訳ありませんでした」

もう二度と来てくれないかもしれない。亜紀は泣きそうになりながら見送った。

さらに湯島はたばこの灰を床に落とす。ビニールの床に熱を持ったままの灰の塊が落ちていく。

「やめてください！」

「だってさぁ、灰皿がないからしょうがないじゃん？」

「火事になりますから！」

ほとんど悲鳴だった。お冷のポットを摑《つか》むと、一気に床にぶちまける。

「あー、何してくれんだよ！」

湯島の目が吊《つ》り上がった。見ると、ズボンの裾《すそ》に水が僅《わず》かにはねて染みを作っていた。

「びしょ濡《ぬ》れじゃん。あ〜あ、このスーツ高いんだけど。弁償してくれる？」

「びしょ濡れって……」

何を言っているのだろう、この男は。

「なに〜？　客に水かけておいてその態度なわけ？　ざけんじゃねえぞ」

湯島はテーブルをなぎ倒す。

上に載っていたお冷やサラダが滑り落ちて、食器が次々に割れる。床に散乱するガラス片を見て、今まで積み上げてきたものが全て壊れてしまったような気がした。

恐怖に押しつぶされ、戦おうと立ち上がる気力が削《そ》がれていく。

亜紀はもう無理だ、そう思った。

（ごめん、おばあちゃん。私――）

その時、

「亜紀さん！」

息をあげた寒月が飛び込んできた。

びっくりする。寒月は今、オフィスで仕事中のはずだったし、漱石がまた助けを呼んでくれたのだろうか。

絶望で凍りつきかけていた心が僅かに熱を持った。

「外まで騒ぎが聞こえてましたよ」

寒月は湯島をにらみつける。容赦しない、そんな顔だった。

「んだよ、仕事じゃねえのかよ」

湯島はぎょっとしたようにスマートフォンを見る。

「さっきオフィスに居るって書いてたのは嘘《うそ》かよ」

どうやら寒月がここにいないのをチェックして、見計らってやってきたらしい。

すると寒月はニコリと笑った。だが目は笑っていない。

「嘘じゃないですよ」

ちっと舌打ちをすると湯島は話を変える。

「──で、そこの、会社を逃げ出した負け犬くんはここになにしに来たんだ？　この間みたいに逃げるなら今のうちだぜ」

拳《こぶし》を持ち上げる湯島に、寒月は涼しい顔で一言。

「警察を呼びますね」

「は？」

湯島は拍子抜けした顔だった。

「あなたのやっていることは、立派に威力業務妨害罪になります」

寒月は扉を閉めると鍵までかけた。

そしてスマートフォンの緊急連絡をタップしようとする。

「逃げる？　とんでもない。今度はおれが逃がしませんよ」

「はぁ？　粋がりやがって。今度は一発じゃすまないぞ」

湯島が拳を振るのを見て、亜紀は「やめてください！」と悲鳴を上げた。

だが寒月は少しも怯《ひる》むことなく、涼しい顔だった。

「むしろ殴ってくれたほうが楽です。暴行罪だとおれが直接訴えられますし。前回はしませんでしたが、今度は告訴します。幸いあなたがどこの誰かまでよく知ってますから、逃げられませんよ」

とたん、逆に怯んだ湯島は拳を下ろして、ごまかすように頭をかく。

そして、扉の前の寒月を押しのけると「覚えてろよ」と三文芝居のような台詞《せりふ》を吐いて店を出て行った。

「大丈夫ですか」

寒月が心配そうに亜紀を覗《のぞ》き込む。

「は、い」

ほっとしたらなんだか泣きそうになってしまって焦る。

「この間から、何度もありがとうございます。お仕事中だったんですよね？　大丈夫ですか？」

寒月はちょっと困ったように顔を赤らめる。

「いえ、休憩中で。あとオフィスはここの裏ですから」

「裏？」

初耳だった。というか裏というと……。

「え？　あのアパートですか？　自宅で？」

「いえ、隣の部屋をオフィスとして借りただけです」

予想外の答えに亜紀は驚いた。まさかそんな近くにいたとは思いもしなかった。

（あ、だからあんなにすぐに来られたんだ……）

と納得しつつも不思議だった。わざわざこんな場所――住宅街にオフィスを構えるなんて。不便ではないのだろうか？

不思議に思っていると、寒月はわずかに目を泳がせて真砂を見た。

「えっと……あぁ、真砂さんありがとうございます」

カウンターの隅で黙って成り行きを見守っていたかと思われた真砂は、スマートフォンを見せる。

そこには「変な男が来てる」とメッセージが表示されている。今度は真砂が知らせてくれたらしい。

「この間みたいなのが来たら困るので、念《ねん》の為《ため》お願いしておいたんですよ。こういう時猫じゃ頼りないですし。SNSじゃいつもは見られませんし……亜紀さんは……なかなか電話してくれないので」

寒月はわずかに目を逸《そ》らした。亜紀は目を丸くする。

（あれ、……拗《す》ねてる？）

寒月がちらりと茶の間を見る。

「私は、出てくるにゃと言われたから、こもっておったのだぞ！　出て行って収まるのにゃら出て行ったからにゃ！」

漱石が扉の向こうから叫んだ。どうやら話を聞いていたらしい。

寒月の目に不満そうな光が浮かぶのを見て、亜紀はフォローする。

「私が先生にお願いしたんです。出て来られないほうがいいと思って」

あそこでもし猫が出ていったら、湯島は手を叩《たた》いて喜んだだろう。火に油を注いでしまうに決まっていた。

「まぁ、僕も腕力も度胸もないので、このくらいしかできませんでしたし」

真砂は恥ずかしそうに漱石をかばった。

「とんでもないです。真砂さん、ありがとうございました」

亜紀はなんだか胸が熱くなってくる。みんながこうして店と自分を守ってくれていると実感したのだ。

だが、ぐちゃぐちゃの店内を見るとぶり返した悔しさで泣きたくなる。もっときちんと言い返せたら良かったと前も思ったのに。情けない。

だけどこうして亜紀のことを思いやってくれる人が居るならば、頑張らねばと思う。

「私、頑張りますね」

にっこりと笑うと、寒月は少し寂しそうに目を伏せた。

「にしても……やっぱりまだあきらめていなかったのか、あの人」

寒月はため息を吐いて、荒れたテーブルを見る。床にはたばこの焦げがついてしまっていた。

「ぞうきんありますか？　お片付け、手伝いますよ」

「ありがとうございます！　でも大丈夫です。さつきさんは座っていてください」

亜紀はまず窓を開けると換気を行う。たばこの臭いはなかなかとれないのだ。消臭剤を買ってこなければ。

モップを取りに行って戻ってくると、寒月が床に散乱した物の中から、たばこの吸い殻を拾い上げてティッシュに包んでいる。それを見た真砂が、

「あ、あと猫の毛が入ってたと言いがかりをつけていたので、それもあった方がいいかと」

厨房に下げた皿を指差した。寒月は頷くと皿の上の猫の毛も回収している。

「なにをされてるんです？」

「知り合いに相談しようかと」

「お知り合い？」

「顧問を頼む予定の弁護士がいるので。湯島さんのことはおれに任せてください」

「え、でも」

亜紀の店のことなのに。

「このくらいさせてください。……隣を歩くのもいいですけど、たまには頼られると嬉《うれ》しいです」

その目がわずかに甘く細められ、どきりとする。

「それに。もう人ごとじゃないんですよ。ここがなくなったら困ります」

「そうだにゃ！　この店がにゃくにゃったら大変だからにゃ！」

漱石が頷《うなず》き、

「この店がなくなったら僕も困ります。せっかく素晴らしい執筆環境を見つけたのに！」

真砂も口を挟んだ。

（ああ、必要とされているんだ）

そう思ったらなんだかふわっと心が温かくなる。へこたれそうだったのが嘘みたいに力が湧いてきていた。

2

サイレンが鳴っている。

亜紀がふと気づくと、誰もいない店の中で、湯島が落としたタバコの灰がじわっと赤くなった。

(え、灰は掃除したよね?)

不可解に思っていると、その火がじわじわと床のビニールを焦がした。さらに煙が上がり始める。

(うそ! 火事になっちゃう!)

亜紀はお冷のポットを探す。だがいつもある場所にそれはない。

ならばと水道を探す。だけど蛇口を捻《ひね》っても水が出ない。

煙はどんどん増えていき、やがてビニールが火を吹いた。

(ど、どうしよう!)

火事だ、と叫ぼうとしてもどうしても声が出ない。

汗がにじむ。スマートフォンを探す。だけどそれも見つからない。

(なんで、どうして、こんな時にかぎって!)

泣きたくなった亜紀は涙で火が消せないかと必死で泣き続ける。こんなことで火が消えるわけはない、馬鹿みたいだと思うのにやめられない。

(さつきさん、さつきさん!)

助けを求める声も喉《のど》に引っかかってしまう。

どうしてこんな時に声が届かないのだろう。

ふと遠く聞こえていたサイレンの音がだんだんと近づいてきた。

(ん？　焦げ臭い……？)

すると直後、がりがりとふすまを開けようとする音がした。

「亜紀、火事だ！」

「えっ!?」

ぱっと目が開いた。

(夢だった！)

全身が汗でびっしょりだった。しかし焦げ臭さとサイレンの音は夢じゃない。

布団から飛び起きるとカーディガンを羽織って表に飛び出す。まだ夜明け前だというのに、空がほんのりと赤かった。

消防車のサイレンの音が近づいてどこかにとまる。

近い。

きょろきょろと道路に目を配ると、ご近所さんがわらわらと出てきた。

「どこ？」

「裏の通りみたい」

「怖いわね、ここ狭いし延焼しないといいけど」

裏の通り、と聞いて亜紀は青くなる。

まさか。

裏の通りには寒月のアパートがある。しかもオフィスもある。つまり、彼はどちらかにしかいないはず。

直後、亜紀は駆けだしていた。

狭い路地に消防車が隙間なく詰まっている。

全身から血の気が引いていく。

(さっきの夢、まさか)

心臓がすごい音を立てている。地響きのような、耳が聞こえなくなるくらいの音だった。

消防車の間をすり抜ける。

黄色いテープに遮られた先に行こうとした亜紀を、消防士が止めた。

「あ、ちょっと危ないですよ！　関係者ですか？」

亜紀は頷いた。

「アパートに、私の――」

だが亜紀はそこで言葉を呑み込んだ。

彼は自分にとって一体何なのだろうという疑問のせいで、言葉が続かなかったのだ。

ご近所さん？　客？

その二つであれば、亜紀は寒月にとって他人だ。現実に頭が真っ白になる。

（いや、他人、じゃない絶対に。さつきさんは私の――）

「さつきさんは、私の大事な人なんです！」

言い切ると、消防士を振り切る。だが直後、亜紀の腕がぐっと掴《つか》まれる。

「⁉」

振り向いた亜紀はフリーズした。

「亜紀さん！」

「さ、さつき、さん……！」

ジャージに眼鏡姿の寒月が闇に紛れて立っていた。

「無事、無事ですか⁉」

実在するかどうか確かめたくて、思わず腕に触れる。

「大丈夫。ゴミが燃えただけのぼやだから。けが人もいないし」

亜紀はへなへなとその場にしゃがみ込む。

「よ、よかったぁ……」

安心したらぽろりと涙がこぼれる。

（わ、わわ）

慌ててうつむくと、頭の上にぽん、と手が載せられた。

「心配かけて、ごめん」

不器用な仕草で寒月が亜紀の頭をなでる。そうしながら、

「あの、亜紀さん……さっき、おれのこと」

「え？」

「……だ、いじな人、って、いうのは」

ものすごく言いにくそうに、小さな声で寒月が言い、亜紀はハッとする。

まさか、聞かれていた？

ぶわ、と顔が赤くなる。慌てて俯《うつむ》く。

（ご、ごまかす？　どうする？　でもどうにもごまかしようがないんじゃ……）

まごついていると、頭をなでていた寒月の手が、するりと頬に滑り落ちる。顔を上げると寒月と目が合った。

視線が絡まったとたん解《ほど》けなくなる。

少しだけ苦しそうに細められた彼の目が、

『──おれも、君の事が、大事なんです』

そんなふうに語りかけているように思えて、息が詰まった。

ふっと彼の目が伏せられ、端整な顔がそっと近づく。

──だがその時。

「住民の方ですか？　ちょっといろいろと説明をしたいのですが……」

暴れまわる心臓の音にまぎれて、消防士の声が響く。とたん、急に耳が聞こえるようになった。

寒月はするりと手を引くと、何事もなかったかのように話を聞きにいく。

(……今の、なに？)

頬に残った微《かす》かな熱だけが、今の出来事を現実だと証明しているよう。

亜紀は思わず熱を逃すまいと、そっと頬に手を当てた。

3

戻ってきた寒月が言うには、消防署や保険会社の現場検証のためしばらく家には入れないこと。また入れたとしても水が入ってしまったため、復旧が大変だと言われたらしい。

「え、家に入れないって……その間、どうされるんですか？」

「頼めば都が用意してくれるらしいんですけど、ちょっと遠いので、……ホテルにでも泊まろうかと」

寒月は言うけれど、その格好でホテルに行くのは少し無理があるのでは、と亜紀はひそかに思う。

眼鏡はまだいいとして、よれたジャージ。それから。

亜紀は寒月の足下を見る。

彼が履いているのはなぜか、便所スリッパと呼ばれるようなしろものだった。むしろ、どこで手に入れられるのかが知りたい。

(普通のホテルだとフロントでお断りされそう……)

じっと寒月の足下を見ていた亜紀は、ふと思いついた。

「あの、うちに来ませんか？　部屋空いてますし」

だが、寒月がぎょっとした顔をして気がついた。今の発言が成人女性としてはあり得ないものだったと。

(わ、もしかして別の意味にとられた!?――って、さっき『大事な人』って発言しちゃったし！)

あいまいに終わってしまった話を思い出してテンパってしまう。

確かに寒月は亜紀にとって大事な人だ。

だけどだからといって、すぐにそういうことに結びつけるつもりはないのだ。

(だって、心の準備が出来ないし！　ていうか、さつきさんの気持ち、聞いてないし！)

顔と行動が雄弁に語っていたような気がしないでもないが、全部勘違いだったらと思うととても怖い。

「あ、あの、わたし」

挙動不審になっていると、寒月は、「いや、大丈夫だから」と目を泳がせる。彼は彼でかなり挙動不審だった。

するとどこからか「ちっ」と舌打ちが聞こえた。見ると漱石が渋い顔をしている。今までいったいどこにいたのだろう。

「本当に寒月くんは度胸のにゃい男だにゃ」

「うるさい」

寒月が氷の眼差《まなざ》しでぎろりと漱石を見下ろす。喧嘩《けんか》が始まりそうな予感がして亜紀は割って入った。

「えっと、でも今の時間だとホテルはチェックインもできませんよね？　ひとまず店に来ませんか」

寒月はしばし悩んでいたがやがて頷《うなず》き、おとなしく亜紀についてくる。

空はしらじらと明るくなっていた。

店の前では住人が井戸端会議中で、その中には神田《かんだ》がいる。

「あ、亜紀ちゃん、さつきくん！　大丈夫だったか⁉　店も燃えたんだろう？」

真剣な顔で言い寄られてびっくりする。

「え、燃えてません、けど」

「そうなのか？　だけど店の裏が燃えてるって娘が言うもんだから」

「え」

寒月が青い顔でスマートフォンを取り出すと、SNS内の検索を始めた。差し出されたスマートフォンを見て亜紀は目を見開いた。

『千駄木《せんだぎ》〇丁目のカフェ付近で、出火中』

という投稿があり、そこには店の写真がついていたのだ。

「間違ってはないけど、これだと店が燃えたように読めるな」

寒月が唸《うな》る。

そこにきっと悪意はない。むしろ危険を回避するための親切心かもしれない。

（だけど……）

亜紀は泣きたくなってきた。

（どうしてどうして、次から次に！）

風評被害もいいところだ。

そして、こういう情報はなかなか風化していかない。

猫の毛の冤罪《えんざい》に続いて、湯島の迷惑行為、火事の風評被害まで重なれば。

（もう終わりかもしれない、おばあちゃん、ごめん）

絶望した亜紀の足下に、ふんわりとした熱が巻き付いた。

見下ろすと漱石がいた。

「焦ってもしょうがにゃいぞ」

漱石はこんなことはなんでもない、そんな顔をしていた。

「命があった。それだけでひとまずよしとするのだよ」

確かにそうだ、と亜紀は思う。

さっき、寒月がいなくなると思ったら生きた心地がしなかった。

それに比べたら、きっとかすり傷だ。

とても痛いけれど、まだ亜紀も、寒月も、漱石も生きている。店だって燃えていない。

「ちょっとの間、じっくりと休んだらいいんじゃにゃいか。時には立ち止まって考えることも必要だよ」

漱石の言葉がじんわりと傷口を覆ってくれる。

「そう、ですね」

亜紀は頷いた。

気の毒そうに見つめる住人たちに向かって、精一杯の笑顔を見せた。

「お店、しばらくお休みしますね」

このままだらだらと続けても状況は悪化しそうだった。一度退却することも大事なのかもしれない。

しばらく使わないものを片付けていると、

「あ、亜紀さん。あの」

手伝っていた寒月がしどろもどろになりつつ声をかけた。

「やっぱり、……あの、ここでお世話になりたいんだけど」

真っ赤になったその顔には『君が心配だから』と書いてある。

とたん、亜紀は胸がぎゅうと痛いくらいに締め付けられるのがわかった。

（わ、わわわ、なんて顔するんですか……）

思わず赤くなっていると、寒月も赤くなった。

「いや、変な意味じゃなくって。ほら、よく考えたらこの格好じゃどこも泊めてくれないなと」

わかりやすく言い訳をする寒月を見ていると、亜紀はなんだか泣きたくなってきた。

この人が好きだ、と叫び出したくなってきた。

寒月がいてくれたら、多分頑張れる。

「じゃあ……、今日は牛鍋にしましょう！　お酒もいっぱい飲みましょう！」

「おお！　いいアイディアだにゃ！」

落ち込んだ時こそ食べる。祖母の教えを今こそ実行する時だと思った。

「じゃあ、商店街が開いたら買い物に行ってきますね」

「おれも荷物持ちに行くよ」

そう言う寒月に亜紀は言った。

「さつきさん、さすがにそのスリッパで買い物はだめだと思いますけど……」

だいぶんこのモードの寒月になれたとはいえ、ここまで揃《そろ》うと一緒に歩くのは躊躇《ためら》われた。

「……！」

寒月がぎょっと足下を見る。

「しまった。急いでたから」

がしがしと頭をかく。

これがあの『寒月』と同じ人物かと思うと、たまらず噴き出してしまう。

もうしばらくは笑えないんじゃないかと思っていたのに。

すると漱石がつられたように笑い出し、さらには寒月も顔をくしゃくしゃにして笑い出す。

笑っているとだんだん気持ちが明るくなってくる。

どこをとっても最悪な状況だけれど、まだなんとかなるのでは、そんな風に思えたのだった。

4

商店街に買い物に行ったあと、食材などの取引先に、休業の連絡をする。

全部終わるとなんだか気が抜けた。

しんとした店には寒月と漱石と亜紀。

寒月はどこかそわそわとしている。

いつもならば本を読むのだろうけれど、荷物はアパートの中だ。火事場だったので、持ち出せたのは財布とスマートフォンだけらしい。

亜紀も店が開いていないため手持ち無沙汰《ぶさた》で、なんとなく会話が持たない。

どうにかしてほしいと視線を向けると、漱石はタブレットで何かを熱心に読んでいる。見ると今度はSNSのようだ。

肉球で器用にタップして何かを入力している。

「猫先生、炎上はやめてくださいね」

先日の投稿を思い出してげんなりする。あんな騒ぎはもうごめんだった。

だが漱石は夢中になっているらしく、「うむ」と生返事だ。

ため息を吐く。スマホ依存みたいなものではないかと心配になってしまう。

(でも子どもじゃあるまいし……口うるさく言うわけにもいかないし)

漱石に頼るのはあきらめ、亜紀は自力で話題を探した。

裏では現場検証をしているのか、人の声がしている。

「そういえば火事、何が原因か聞きました？」

話題を探していたのかもしれない。寒月はホッとしたように肩の力を抜いた。

「ゴミ置き場の端に、たばこが落ちてた」

寒月は少し顔を険しくする。

亜紀ははっとする。たばこと聞いて思い浮かぶ顔があったのだ。

しかも寒月が告げた銘柄は、おそらく彼が吸っていたものと同じ。

偶然だろうか？　むくむくと疑念がわき上がった。

それは寒月も同じだったらしい。

「昨日の今日で、とは思うけど、あの人には動機があるから」

「動機？　って、この店の評判を落とすことですか？」

だとしたら今朝のあの火事の投稿は湯島の仕業だろうか？

そんな疑いを抱いた亜紀だが、寒月は言った。

「いや。それより、あのアパートがなくなったらこの周辺、だいたい落とせそうなんだ」

「落とす……？」

「ここの区画、ハルさんと、アパートの大家さんだけが地上げに反発してて」

「そうだったんですか？」

初耳でびっくりする。

「アパート、燃えはしなかったけど、ただでさえ古いのにぼやまで起こったらね。おれは残るつもりだけど、今後入居者は入らないかもしれない。それだと大家さんもアパート経営をやめようって気になるかもしれないから」

「あぁ……」

確かに結構な古さだったと思い出す。そこに火事という忌みごとまで追加となると。

「大家さんはどう思われてるんですかね」

「どうだろう。ただ、リノベーション次第では味のあるアパートになると思うんだ。だから、一度交渉してみようかと思ってる」

「リノベーション？　ってリフォームみたいなものですか？」

自分で部屋を改造でもするのだろうか。

と思っていると、

「いや、おれが借りている部屋だけじゃなくて、全体に手を入れる感じで。そしたら資産価値も上がるし、入居者も増えるだろうし、やつらも手が出しにくくなる」

あまりにものの見方が違って亜紀は内心舌を巻いた。一回り大きな視点を持っているらしい。

（そっか……そういう会社を立ち上げるって言ってたもんね）

思い出して、ふとひらめいた。

「リノベーション、かぁ」

そういえば前に店にいろいろと手を加えたいと思っていたのだった。

簡単にできる改装はやってみたけれど、大掛かりなものは出来ていない。

たとえばビニールの床はどうしても昭和な香りがしてしまう。それは味でもあったのだけれど、やはり大分傷んでいるし、湯島に焦げまで作られたし。

「改装して、リニューアルオープンとか、ダメですかね」

思いつきを口にしたが、直後我に返る。

(って、私、そんなお金どこにあるの!)

貯金がないわけではないけれど、大がかりな改装をするとなると、とても足りないと思う。


「いえ、忘れてください！　それよりは、現状をなんとかする方が先ですよね」

問題は山積みだ。

「猫の毛、ぼや騒ぎでのイメージダウン……それに柴犬《しばいぬ》のカフェにお客さん、取られちゃいましたし」

一つ一つ口に出してみると、改装リニューアルオープンなど現実逃避もいいところだった。ひらめきは現実の前に霧散した。

だが、寒月は少し複雑そうに眉《まゆ》をひそめる。わずかに躊躇いをにじませた後、

「前に少し話したと思うんだけど、おれ、祖母の遺産を相続してて」

寒月は言葉を切った。

「もし、亜紀さんが嫌でなかったら……」

それを言ってもいいのか、と苦悩がにじむその顔には『君を助けたい』と書いてあるように見えた。

「亜紀さん、寄りかかりたくないって、言ってたので、どうかとは思うけど……」

寒月が言おうとしていることを察した亜紀は慌てる。

(え、遺産って、まさか。お金の話!?)

そういった援助を受けるのには抵抗があった。もしそんな手助けを受けてしまったら、関係が大きく歪《ゆが》むような気がしてしまったのだ。

少なくとも対等な関係だと亜紀は思えない。それをわかっていて、寒月は躊躇っているようにも思えた。

「私、本当に大丈夫ですから」

にっこりと笑うと寒月は安堵《あんど》と、そして悔しさを混ぜたような顔をした。

「はぁ〜〜〜、牛歩にもほどがあるにゃ！　あるものは深く考えずにぱあっと使えばよいのだよ。死んだら何も持っていけにゃいのだからにゃ！」

突如、漱石が口を開いて亜紀はぎょっとする。タブレットに集中していると思ったし、あまりに静かだったのでいないような気になっていた。
「ところで寒月くんと亜紀くん、お使いを頼まれてくれにゃいか？」
その顔は珍しく真剣だった。
教師の顔に見えて、亜紀は思わず背筋をしゃんと伸ばした。
「なんですか？」
「すぐにここに行ってほしいのだ」
タブレットを覗《のぞ》き込んだ亜紀は息を呑《の》む。
画面に表示された投稿には、どこかの川沿いの写真とともに、
『今から死にます。止めないでください』
と書かれていたのだ。
アカウント名は『オーバ』。漱石のフォロワーらしい。
投稿には漱石の「待っていろ、すぐ行く」以外のリプライはついていない。
冗談だと思いたかったが、冗談でそんなことを書く人がいるだろうか。
冗談だと見なかったふりをして、もし本当だったら？
彼のフォロワーの戸惑いが見えるようだった。
SNSだけでつながっているような人間には、この投稿は荷が重すぎる。
動揺する亜紀の目に、一つの印が飛び込んでくる。

「これ、位置情報がついてます！」

奇《く》しくも迷惑系のあの二人に教えてもらった情報だ。

タップすると場所が表示された。

「三鷹《みたか》市――玉川上水《たまがわじょうすい》沿い……ここは……まさか」

青い顔をした寒月が言うと、立ち上がった。そして飛び出していこうとする。

慌てて追いかけようとすると、寒月はそれを制する。

「ちょっと家に入れないか聞いてくる。さすがに着替えないと」

「え」

「この格好でうろつくと職質受けそうなんで。その間、亜紀さん、猫の準備をお願い」

「猫？　先生の？」

漱石を見ると「連れて行ってくれ」と真剣な目で訴えてくる。

「おれたちだけだと、多分対処できないと思う」

そう言い置くと寒月は店を飛び出していった。

五　『人間失格』と若生おにぎり

1

十分ほどで寒月《かんげつ》が戻ってくる。

ジーンズにパーカー。そしてダウンジャケットというカジュアルな格好。防寒もしっかりしてある。

同様にしっかり準備をした亜紀《あき》は出発する。

漱石《そうせき》にはフリースを敷き詰めた、大きめのボストンバッグに入ってもらうことにした。

千駄木駅《せんだぎえき》から千代田線《ちよだせん》に乗ると、新御茶ノ水《しんおちゃのみず》で中央線《ちゅうおうせん》へと乗り換えた。

通勤のピークを過ぎていたからか、中央線は案外空《す》いていた。

調べると到着まではあと三十分ほどかかる。

「大丈夫ですか？　オーバさん」

亜紀は尋ねる。

ボストンバッグの中では漱石がタブレットを叩《たた》いている。

オーバを引き留めているらしい。今のところまだ返事はあるが、いつか途切れるのではないかとはらはらする。

ボストンバッグからはぶつぶつと漱石の声が漏れた。

「以前から絡んでくるやつにゃんだが、にゃんというか……憎めにゃいヤツでにゃ」

例によって寒月が乗客にちらちらと見られている。だが、緊急時だからだろうか、どこかあきらめた顔をした寒月は、口元を隠すようにマスクを付けた。

漱石とオーバのやりとりが途切れることなく、電車は三鷹《みたか》駅に滑り込む。

改札を出ると寒月が南口へと向かう。

「こっちです」

亜紀は寒月に必死についていく。

左手に川のある道――『風の散歩道』を亜紀たちは駆けていく。

その名の通り、木立が並んだ絶好の散歩道だったが、今は悠長なことをしている場合ではなかった。

三分ほど行ったところで、寒月が立ち止まる。

右側の歩道にあるベンチで、一人の男がぼうっとたたずんでいた。

スーツはビジネススーツと言うよりは、カジュアルなスーツだ。開襟《かいきん》のカラーシャツを見るとどことなく夜の香りがする。

かたわらに大きな石があり、『玉鹿石《ぎょっかせき》』という説明が隣のプレートに刻まれている。

「君がオーバかね」

漱石が鞄《かばん》の中から顔を出した。

その言葉に反応したのか、男が顔を上げる。

亜紀は思わず息を呑《の》んだ。

明るい色の長い前髪から覗くのは、わずかに垂れた目、すらっと通った鼻に花びらを思わせる唇、とすさまじく甘い顔立ちだったのだ。

疲れた表情はまるで化粧をしているかのよう。その甘い顔だちに迫力のある色気を加えている。

放っておけない、そういった想《おも》いを抱かせるタイプの男性だった。

男に近づくと朝だと言うのに、わずかに酒の匂いがする。くたびれた匂いは香水のようで彼によくあっている。

人違いでは？　と思った。亜紀には彼が死のうとしているようにとても思えなかったのだ。

だが男は言った。

「なんだあんたたち……ってまさか、え、あんた漱石さん？　ほんとに来たんだ？　まじで」

どうやら彼がオーバで間違いないようだ。しかし、けろっとしている。

(なんなの、この人! 人のことを心配させておいて!)

安堵《あんど》と落胆が胸の内で複雑に混ざる。寒月を見ると、どこか呆《あき》れた表情でため息を吐いた。

「帰りましょう、徒労でした」

漱石を促すと踵《きびす》を返す。

だが、漱石はボストンバッグの中で身体《からだ》を捩《よじ》り、男——オーバに向かって尋ねた。

「どうして死ぬにゃどと言っているのだ? にゃにがあった?」

「いや、あんなのいたずらだってわかるっしょ」

ははは、とオーバは笑った。

亜紀の中で落胆がどんどん大きくなる。こんなところまでやってきたというのになんなのだ。

だが漱石はオーバの発言を否定した。

「いいや。君は本気だっただろう」

オーバは目を見開いた。かと思うと、彼の目には涙が盛り上がる。

「……どうして」

「死の臭いがしたからにゃ」

「……にゃ?」

男は不可思議そうに首を傾《かし》げたが、それも一瞬だった。

涙が決壊していた。

亜紀はぎょっとする。

「おれ——寂しくて。寂しくてたまらなくて」

オーバは流れ出る涙を隠しもせずに言った。

「誰かにかまってほしかったんすよ……」

「そういえば、君はSNSでも誰彼かまわず絡んで炎上していたが……それでにゃのか」

漱石の問いに、オーバは頷《うなず》いた。

「だけど今日は誰もかまってくれなくて、寂しくて。もう死ぬしかないって思って」

ぎょっとする。そんな理由の自殺とは思いもしなかった。

「SNS依存ですか」

寒月が言うと、オーバは「あれ、漱石さん、さっきと声が違わないっすか?」と首を傾げた。

寒月は無視して微笑《ほほえ》む。

「それにしても、イケメンっすね。おれと並んで見劣りしないとか、すげえ。うちの店で働きません? トップ取れますよ」

「うちの店?」

「あー、おれホストなんすよ」

なるほどと思ってしまうと同時に、亜紀は面食らう。

オーバは涙を引っ込めて微笑んでいたのだ。

死ぬしかないと泣いていたのが嘘《うそ》のようなその態度を見て、逆に彼がかなり病んでいるように思えた。

漱石も寒月もそう思ったのか、心配そうに彼を見る。

「ひとまずうちに来にゃさい」

漱石が言うと、オーバはははっと笑った。

「『にゃ』って、変わったキャラづけっすね」

けろりとして寒月についていくオーバに、亜紀も続いた。

（何のために来たんだろう）

というむなしさと、

（先生、どうしてこんな人を連れて帰ろうとしてるの？）

という訝《いぶか》しさで頭がいっぱいだった。

2

四十分ほどかけて千駄木に戻る。

千駄木駅から店に向かう途中、例のカフェの前を通りかかる。

「おっ、ここ評判いいみたいっすね！」

寒月と並んだオーバがにこにこしながら店内を覗《のぞ》き込んだ。

そして店の中に向かって手を振っている。知り合いでもいたのだろうか？

だが亜紀は問いかける気力がない。

緊急事態と非日常の連続だったから忘れていたけれど、先程、向けられる視線のあまりの多さにふと気がついた。

タイプのまるで違うイケメン二人と歩いている平凡きわまりない亜紀、という図ができあがっていることに。

そのため、他人のふりを決め込むことにしていたのだった。

やがて店に着くとオーバは「え、この店の人だったの？」と驚いた。

「ご存じなんですか？」

見上げると、オーバはわずかに焦った様子で言った。

「え、いや……えっと、この間確か炎上してたじゃん？　猫の毛だっけ。おれもあの議論に参加してたんすけど、それで結構叩かれてさぁ」

亜紀は事件を思い出して憂鬱《ゆううつ》になる。

閉店中の店に入ると、漱石がバッグから跳び出す。

「おっ、ねこちゃん！」

オーバは陽気に言うと漱石をなでようとする。この猫がしゃべっているとは思いもしないようだった。

「食べたいものはにゃいのかね」

漱石は隠す気もないのか、オーバに言った。だがオーバは寒月の方を見る。

猫がしゃべるなんてことは起こりえないと信じ込んでいる。

「ええっと、そうだな。酒が残ってるんで、重くないものが……おにぎりとかありますか？ あとは味噌汁《みそしる》、具は豆腐がいいっすね」

定食屋さんのような注文を受けて意外に思う。しかも質素な内容。派手な外見とは中身がだいぶん違うようだった。

亜紀は冷蔵庫の中身を確認する。

冷凍ご飯と豆腐がある。

「おにぎりの具はどうされます？」

「んー、好物は若生昆布《わかおいこんぶ》なんすけど、さすがにないっすよね」

「若生昆布？」

なんだろうそれは。

と亜紀が思ったとたん、寒月が「斜陽《しゃよう》……」と呟《つぶや》き、いぶかしげに顔をしかめる。そして問う。

「若生昆布、とはまたマニアックですけど、ご出身は津軽《つがる》ですか？」

「は？　いやぜんぜん。ってか、あんたほんとキャラが読めねえな！　にゃ、とか言ったと思ったら、今度は敬語キャラとか」

ははは、ギャップ萌《も》え～と笑ってオーバはカウンター席に腰掛けた。

「若生昆布？　はないですから……」

代用品を考えた亜紀は、戸棚を漁《あさ》って思いつく。

「とろろ昆布でいいですか？」

「あー、何でもいいっすよ。ってか、ごちそうしてもらえるのに文句なんか何もないっす。ありがたいっす」

意外に真面目だ。

亜紀は舌を巻きながら料理を開始する。

豆腐が鍋《なべ》の中で踊るころには、出汁《だし》のよい匂いが店に充満した。

「いー匂い！」

オーバがうっとりとする。

火を止めて冷蔵庫から味噌《みそ》を取り出そうとした時、寒月が神妙な顔でオーバの隣に座った。

「あの、唐突ですみませんが、文学にご興味は？」

「は？　文学？　あー、そうだな。芥川《あくたがわ》賞なら興味あったかも」

「芥川、賞？」

寒月が目を見開く。

亜紀もどきりとする。それはこの頃身近に感じている名前だったから。

だが、芥川賞は日本で一番有名と言ってもいいかもしれない文学賞だ。興味があっても全くおかしくない。

寒月が何を聞こうとしているのかいまいちわからずに、亜紀は首を傾げた。

会話を気にしつつ味噌を溶く。

「昔からあれ取ってみたくってさ。だって金と名声が一気に手に入るだろ？　応募してみようかって思ったことがあったんだけど、あれって実は応募はできねえんだよな！」

「え、応募できないんですか？」

亜紀は思わず口を挟んだ。

「うん。出版された本を対象に選ぶからさ。まず作家にならないとダメらしい。作家『大《おお》庭葉蔵《ばようぞう》』爆誕ってやってからだろ？　客に『賞を取る』って豪語して恥かいちまった」

この男はどうやら大庭葉蔵というらしい、と思っていると寒月の顔が青くなっていた。

「『恥の多い生涯を送って来ました。』[2]――ですか」

寒月の口から、らしくない失礼な言葉が出て亜紀は唖然《あぜん》とした。

(え、今なんて?)

聞き間違いだろうか?

「はぁ? あんた、さすがにそれは失礼じゃないっすかね? おれたちまだそんな冗談言う仲じゃないっしょ」

大庭の声が尖《とが》る。

「いえ、今のは『人間失格』の一文です」

だが寒月は頭を抱えたまま、ぽつりと言った。

な、なんだ。と思ってホッとするが、意味がわからなくて『人間失格』というタイトルで記憶を検索する。

(なんか聞いたことのあるタイトル……すごく有名だった気が)

だが、だからといってそれほどに考え込むようなことなのだろうか。

寒月がどこに引っかかっているのか不思議に思っていると、

「亜紀さん、ちょっと『先生』とゆっくり話がしたいので、茶の間をお借りできますか?」

寒月はふらふらと母屋の方へと向かう。

「先生?」

大庭がキョトンとして店の中を見回した。対象の人物が見つからないからだろう。

亜紀が母屋へ向かう扉を開けると、漱石がひょいっと茶の間へと駆け上がる。

寒月も続く。

話の内容が気になった亜紀は、大庭を振り向いた。

「ちょっと、食べて待っててくださいますか」

亜紀が言うと大庭は不思議そうにしながらも、おとなしく食事をし始めた。

茶の間のふすまを閉めると、寒月は大きなため息を吐いた。

「いったい何が起こっているんだ？」

ものすごく混乱している様子だった。

「あの、さっきからどうされたんですか？　大庭さんがなにか？」

問いかけると、漱石が興奮した様子で言った。

「面白いことにニャって来たにゃ！」

漱石はニヤニヤしている。

「寒月くん、君は知っておるかね？　『人間失格』をこの間読んだら『吾輩《わがはい》は猫《ねこ》である』のタイトルが出てきたのだよ。見所のある青年ではにゃいかね」

「まだ確定ではありませんよ」

「ほぼ間違いにゃいだろうよ。だがわからにゃいのは、にゃぜ私だけが猫にゃのかだ」

二人の会話にまるでついて行けない。

状況がまったくわからない亜紀は、おずおずと聞いた。

「ええっと、まず『人間失格』ってどなたの作品でした、か？」

なかなかに恥ずかしい質問だった。だが聞くは一時の恥、聞かぬは末代の恥だ。

二人は目を丸くする。

「太宰治《だざいおさむ》です」

寒月が答え、ああ、と記憶の穴にパズルのピースがはまる。

「『走れメロス』の人！」

ものすごく有名な文豪だった！　顔を赤らめつつ問う。

「え、でもそれがどうされたんです？」

そう言われてもなお、太宰治が大庭とどう関わっているのかがいまいち見えない。

「まず、若生おにぎりは『斜陽』に出てくる津軽の名物です」

「はぁ、『斜陽』……」

ってなんだっけ、という質問はさすがに呑《の》み込んだ。文脈から想像するに、きっと太宰治の作品なのだろう。

「さらに、芥川賞です。太宰治は芥川龍之介《りゅうのすけ》の大ファンで、若い頃彼の自殺にたいそうショックを受け、芥川賞にひどくこだわって、当時選考委員だった川端康成《かわばたやすなり》に人格否定をされて反論の手紙を送ったり、受賞を願う長い手紙を佐藤春夫《さとうはるお》に向けて書いたり、執念深いロビー活動をしたという逸話が残っています」

すごいエピソードだ、と思いつつ、

「さつきさん、どうしてそんなことをご存じなんですか」

思わず口にしてしまう。

もしや夏目《なつめ》漱石、芥川龍之介だけでなく太宰治も好きなのだろうか？

（いや、もしかしたらこれ教養レベル？）

思いついて冷や汗が出る。質問を取り消したくなった。

寒月は軽く微笑《ほほえ》むと話を続けた。

「そして、なにより彼には自殺願望がある。先ほど彼がいた三鷹の玉川上水《たまがわじょうすい》――あれは太宰治が自殺をした場所です。偶然にしてはちょっと出来過ぎている」

そこまで言われて、寒月が何を言いたいのかやっと理解した亜紀は「えええっ⁉」と叫んだ。

二度はないだろう、そんな風に思って可能性を消していた。

「え、えっと、大庭さんが、太宰治だと？」

亜紀がおそるおそる言うと、寒月は頷《うなず》いた。

「大庭葉蔵は、『人間失格』の主人公ですよ」

さすがに亜紀はぎょっと目を剝《む》いた。

(小説の登場人物と同じ名前……?)

それは偶然にしては重なりすぎていると思った。『藪《やぶ》の中』に出てくるという真砂《まさご》に続いて二人目だ。

いや、よくよく考えると、漱石だって実のところ『猫』という名の登場人物なのだ。

寒月の場合はちょっと違うと思うけれど、小説の登場人物と同じ名を持つ人間が揃《そろ》いすぎている。

寒月は亜紀の内心を汲《く》むように言った。

「まさかとは思います。ですが先日の真砂さんの例がありますし」

真砂のことを思い出す。

彼も無自覚なままに芥川龍之介の作品を書いていた。

「自覚がないからこそ演技ではないと思えて。信憑《しんぴょう》性が増すというか」

寒月が唸《うな》った時、からから、と店の扉が開く音がした。

「こんにちは。夏目先生、いらっしゃいますか? 火事と伺いましたが……大丈夫でしたか?」

声を聞いてハッとする。

「真砂だにゃ。ちょうどよく試金石がやってきたにゃ」

漱石が顔を上げる。

「試金石？」

ふすまを開けるように言われて亜紀が開けると、漱石は跳び出して行く。

漱石が出て行くと、いつもどおり和服姿の真砂は丸眼鏡の奥の目を嬉《うれ》しそうに細めた。

「よかった。店が閉まっていたのでびっくりしました。でも、ここは大丈夫だったみたいですね」

「あぁ。ボヤ騒ぎは裏でにゃ。で、どうした？」

「原稿、できあがったので見ていただきたいのですが」

土産とともに原稿を差し出す真砂に、漱石は言った。

「今日はそこの男に読ませてくれにゃいか？」

真砂は初めて気がついたとばかりに大庭を見た。

漱石しか目に入っていない、という様子に深い愛を感じる。

少し困惑した様子を見せながらも、師の頼みだと断れなかったらしい。

「あの、お願いします」

そう言うと真砂は大庭に原稿を手渡した。

大庭は「は？　なに？　この和装イケメン誰？」と不可解そうにしながらも原稿に目を

落とした。

直後、その目が見開かれる。

大庭はむさぼるように原稿を読み始める。

「なんだ、これ。なんだ、これ！」

ぶつぶつと呟《つぶや》き、髪をかき回す。

五枚ほどの短編小説だ。読み終わるのはあっという間だった。

読み終わった大庭の顔には驚愕《きょうがく》が張り付いている。

大庭は震える声で言った。

「これ、もしかして、芥川龍之介の新作、ですか」

「ほう、わかるのかね」

漱石は微笑んでいる。

そこで大庭は初めてその場に寒月がいないことに気がついた。

「え、猫が、しゃべってる？」

「ようやく気づいたのかね」

漱石は髭《ひげ》を撫《な》でつつ苦笑いだ。

「私はにゃつめ漱石だよ。君は誰だね？」

「にゃつめ？　おれは、おれは――。……嘘《うそ》だろ」

大庭は信じられない、と首を横に振る。だが、その顔にはある確信が刻み込まれているように、亜紀には見えた。

そして大庭ははっとした様子で真砂を見た。

「おれが――ってことは。ってことは、この人！」

大庭が真砂に詰め寄る。

真砂はぎょっとして後ずさり、椅子に足を引っかけてよろけた。

「いえ、この方は！　あ、あ、くたがわうぅのふけ」

大庭は舌がもつれるのもかまわずに叫んだ。

「大ファンです!!　ずっとお会いしたかった！　何であんな才能を死なせちゃうんですか！！！！」

「それを自殺未遂常習犯の君が言うのかね」

漱石が呆《あき》れている。

「あの……この人誰です。先生のお知り合いですか？」

やや戸惑いつつも、一人涼しい口調で真砂が尋ねる。こんな時でもテンションが変わらないのはある意味すごい。

「面識はにゃいはずだにゃ。だが、真砂くんはさすがに作家志望だから『太宰治』の名前《にゃまえ》くらいは知っておるだろう」

「太宰治？　そりゃあ、教科書にも出てきますし。『走れメロス』なら知ってますけど、僕、今は純文にさほど興味がなくて」

耳を疑うような発言に亜紀は目を剝《む》いた。だとすると、彼が今書いているのはいったい何なのだろう。

「読んでくださってる！！！　神か！！！」

大庭は床に膝《ひざ》をつくと天井を仰いだ。その目からは涙が流れている。

派手なリアクションに亜紀は呆然《ぼうぜん》としてしまう。

同じくあっけにとられている真砂に、漱石がやれやれとため息を吐いて言った。

「真砂くん。大庭くんも私たちと同類だということだよ」

「……え」

初めて真砂の表情が大きく揺れた。

「どう、るい……つまり前世の記憶がある、と？」

だが仲間が増えて嬉しそうな漱石とは違って、真砂は複雑そうだ。

「ずっと先生と二人でよかったのに」

ぼそっとした呟きが耳に入り、亜紀はぎょっとする。

（え、それどういう感情……？）

重たすぎるのでは……と心配になったが、漱石には聞こえなかったらしい。

微妙な関係が構築されるのを感じてひやりとする。漱石を取り巻く感情の矢印は少々入り組みすぎではないだろうか。

「どうやら過去を思い出したようですね」

様子を窺《うかが》っていた寒月は、店に降りてくると亜紀にささやいた。

「そうみたい、ですね」

先ほど『走れメロス』を読んでもらっていると聞いて喜んでいた。

つまり自分が作者だと思い出したということなのだろう。でないと、発言の説明がつかない。

「まさかの三人目、ですね」

「ってことは、まだいるのかもしれませんね」

寒月が遠い目をして、亜紀は目を丸くする。

そう言われてみれば。あり得ない話ではなくなっている。

「で、君はどうして自殺しようとしていたのかね？　今にゃらもうわかるのではにゃいか？」

「…………」

大庭はやわらかそうな髪をかき上げる。その顔に影が広がるのを見て、亜紀はどきりとした。

その雰囲気は、亜紀が『太宰治』になんとなく抱いていた印象と重なった。

陰鬱《いんうつ》な化粧を纏《まと》った『太宰』の異常な色気が店に漂い始め、亜紀は当てられて苦しくなる。

「覚えていないのかね」

「いいえ、覚えています。直前まで」

やがて大庭は絞り出すように言った。

「小説を書いていたのも、得意な小説だと褒められたからだ。その瞬間、おれを愛してくれたように思えたからだ。だから、おれは必死で書いた。だけどいくら褒められても、金をもらっても名誉をもらっても心の空虚さはうまらなかった」

彼の吐くため息は重い。

吸い込むと彼の吐き出した感情までもを吸収しそうで、亜紀はここで今息をしたくないと思う。

「今生はもっとひどい。小説を書かなかったから、褒められるものもない。いや、強いて言えば外見くらいか。空虚さの消しようがなくて、いくら酒や薬や女でごまかしてもだめで。死ぬって言ったら……たいてい誰かが優しく構ってくれた。だけど、それは最初の一回だけだ。次からは嘘だって言われて。だんだん何を言っても誰もおれのことを気にかけなくなってきて……そんな時にあなたのアカウントを見つけた」

顔を上げた大庭はふわり、と笑う。

その笑みは、風が吹いたら飛んでいきそうな花びらのよう。思わず手を差し伸べたくなるような儚《はかな》さだった。

「あなただけはおれが何を言っても構ってくれた。嬉しかったな」

そして、紡ぐ言葉には木訥《ぼくとつ》だからこそ妙な迫力があった。

彼の人生を疑似体験するような、そんな気分になってくる。

亜紀は息を止めたまま話を聞く。

「おれ、たぶん、愛されたかったんだと思います、今も、昔も」

大庭はしみじみと言った。

「昔、何度も死のうとしたのも同じ理由で。五回？　だったかな。そういえば、一回目こそ騒がれたけど、二回目以降はまたか、って言われたなぁ。同じことを繰り返しちまったな……」

しんみりしていた亜紀だったが、そこで引っかかりを感じた。

（え、つまり、このひと、人の気を引こうとして自殺未遂を繰り返したの？）

まさかね、と思った時、

「つまり本気で死のうとは思ってなかったんっすよ！　アッハハハ！」

大庭は爆弾発言を落とした。

「は？」

思わず口から軽蔑の言葉が飛び出して、亜紀は口を手でふさぐ。

だが、今の言葉は聞き捨てならなかった。だって亜紀はすでに当事者だ。

(わ、わざわざ三鷹《みたか》まで駆けつけたあの時の心労は！　っていうかめちゃくちゃ心配させておいてこれはないでしょ！)

亜紀はわなわなと震える。

SNSで彼に翻弄《ほんろう》されて離れていった人の気持ちがわかってしまう。これは炎上不可避。歩く火炎瓶。

だが大庭はけろっとした顔で続ける。

「前世で、最後もなんとか逃れようって思ったんすけど、富栄《とみえ》——あ、最後の不倫相手ね？——が何が何でも心中するって言って聞かなくって、残念ながら」

(うわあああ、クズ!!!!)

「…………」

その場の全員が黙り込む。呆れてものが言えないというのはこういうことだろうと思った。

だが、そんな中、真砂がぼそっと口を開く。

「クズですね」

大庭は頬を張られたような顔をした。

「そ、そんな！　同じ自殺者なのに、ひどい……」

「絶対に一緒の括《くく》りにされたくない」

真砂は虫けらを見る目だった。

（こ、これはさすがにショックなんじゃ）

神と称《たた》える小説家にこんな目で見られたのでは、また自殺したいなどと言わないだろうか？

だが大庭は「そんなつれないこと言わないでくださいよ〜！　不倫と心中はあなたもしてたじゃないっすか」と謎のメンタルの強さを見せた。

実は死んでも死なないタイプなのかもしれないと思ってしまう。

（これは……すごい……って、え？　不倫？）

思わず真砂を見る。

真面目で神経質そうなイメージの芥川と不倫が結びつかなかった。亜紀の勝手なイメージだが、一人の女性を大切にしそうだったのに。

だが真砂は「今生ではしていない。そもそも結婚してないし」と前科を認め、亜紀は仰天する。

（え、あの時代の文豪って、もしかしてみんなそういう感じだった？）

むむむと唸《うな》っていると、

「まあとにかく。嫌にゃ臭いも消えたことだし、今日は皆で牛鍋《うしにゃべ》にするか！」

漱石が無理矢理に話をまとめる。

真砂はぱっと漱石に向き直り笑みを浮かべた。

「そうですね！」

嫌な臭いが消えた——それはつまり大庭の死の臭いが消えたということかもしれない。

それ自体は喜ばしいことだと思ったので、お祝いをしたいな、と思う。

（うーん、人が増えるならお肉が足りないから買ってこないと！　でも高いのは買えないな……）

財布の中身について考えてしまう。仕事とお金がないのは悲しいことだ。

だが、お祝いの席だ。ケチケチしたくない。

「買い物行ってきますね」

すると漱石が言う。

「真砂くん、大庭くん、まさかただ食いするつもりではあるまいにゃ」

「ま、まさか」

真砂が慌てた顔で財布を出す。だが大庭は「金がありませんので、皿洗いでなんとか」

と眉《まゆ》と頭を下げた。

3

その夜はどんちゃん騒ぎだった。

大庭は「うえーい！　カンパーイ！」と、異常なハイテンションで、若者の飲み会風。

一方、和服の真砂の周りには鹿威《ししおど》しでも鳴っていそうな高級旅館風の雰囲気が漂っていて、茶の間はカオスだった。

真砂はひたすら漱石にお酌をしては、話しかけ続けていて、二人の世界を邪魔するなという空気を醸し出している。

となると大庭のテンションに合わせる人間は亜紀と寒月のみ。

「ほら寒月くん、一気！」

寒月は大庭と亜紀の間に座っているが、なかなかのからみ酒なので任せていいのだろうかと心配になってきた。

「今どき一気とかしませんよ、いつの時代からいらっしゃったんです」

だが寒月はさっくり切って捨てる。

「ええ～？　おれ、店では現役でやってるんですけど」

「そういえばホストとか言ってましたか」

「そう」

「ほすと、というのはどんにゃ職業にゃのかね？」

ほろ酔いの漱石が口を挟んだ。あまりお酒には強くなくて、日本酒だとおちょこ一杯で酔っ払ってしまう。

「ホストっていうのはですね」

大庭はニヤッと笑うと、立ち上がる。そして寒月を押しのけるようにして亜紀の隣に座った。

かと思うと、突如亜紀の手を握る。

（は？）

ぎょっと目を剝《む》く。

大庭は長めの前髪の間から、上目遣いの目でじっと見つめる。

そのまなざしがあまりにも甘くて、亜紀は硬直した。

「――おれと死ぬ気で恋愛してみないか？」

「……は？」

頭が全然働かず、何を言われたのかわからなかった。

ぽかん、としていると、ぱしん、という音が茶の間に響く。

亜紀はその音でようやく我に返る。

呪縛《じゅばく》が解けた、そんな気分だった。

大庭が頭をさすりながら、後ろを振り向く。

寒月が新聞紙を丸めたもので、大庭の頭に一発お見舞いしていた。

「悪い冗談はやめてくださいね。亜紀さん、びっくりしてるじゃないですか」

「ってえぇ！　先生が聞いたから実演しただけじゃん」

漱石は感心したように頷《うなず》いた。

「にゃるほどにゃあ、すけこましか。天職だにゃ」

「でしょでしょ」

明らかに褒められていないのに、大庭は喜んで手を打つ。

「これは寒月くん、要注意だにゃ」

寒月はため息を吐きつつ頷く。だが大庭はからっと笑って言った。

「おれ、自分への好意には敏感なんすよね。おれに気があるかどうかなんてすぐにわかる。嬉《うれ》しくなって飛び込んじゃうんだけど、そもそもおれの方が好きじゃないから相手ばっかりが夢中になっちゃってさ。それで仕事何回もクビになって」

「クビ？　何回も？」

一体、何をしたのだろう。そう思っていると、大庭は苦笑いをした。

「私と死んでくださいって騒がれたり、あと客同士で刃物持ち出したり」

亜紀の顔は引きつる。ちらと見ると皆もどん引きしている。

「でも『愛する』ってさ、一方的に受け取るものじゃないんだよな……ってようやくわかった気がする。自分から『愛する』ことをしないと、満足できないんだ」

大庭はしんみりと言った。

「おれ、『心から愛せるもの』をずっと探してたんだろうなって、やっと気づいた気がする」

大庭の目に熱がこもる。その目が亜紀を捉《とら》え、亜紀は息を呑《の》んだ。

先程の台詞《せりふ》はまだ耳にしっかりと残っている。

(まさか、そんなわけないから……！)

と思うものの、こうして見つめられてしまうと可能性が捨てられない。

「それは――？」

ごくり、と喉《のど》が鳴る。

大庭は亜紀の顔、それから寒月の顔をじっと見た後、カラッと笑って真砂を振り返った。

「そりゃあ、『芥川龍之介』ですよ！　今になって新作が読めるとか！　もう死ぬわけにいかないっていうか！　ってかもう絶対死なないでくださいよ!!　ここにファンがいますからね!!」

きらきらした目で大庭が言い、亜紀は脱力してこたつに突っ伏した。

息を止めていたらしく、慌てて大きく深呼吸をする。

（ううううう、ひどい……ひどい目に遭った！）

全身から冷や汗が噴き出してくる。一気に老けそうだ。

「亜紀さん、どうしたんすか？」

どこかニヤニヤした大庭が亜紀に尋ねる。その顔を見ていると急激に怒りが湧いてくる。

（これは、絶対確信犯だよね！　なんなの、あの思わせぶりな態度！）

これでは刃物が出てくるのはしょうがないと思ってしまう。

「大庭さん、からかうのはやめてください！　心臓に悪すぎますから！」

大庭は楽しげに笑った。

「いや、別にからかってはないけど。むしろ亜紀さんだったらウェルカムだし～」

にへらと笑って大庭が言い、亜紀はぎょっとする。

「な、ご冗談はやめてください！」

息をするように口説かれて、顔が火を噴きそうになる。

（うわあ、どこまで本気なのこの人！　っていうかさつきさんの前ではやめてほしいんだけど！）

真っ赤になっているのが自分でわかるので、なんとなく寒月を見られない。どんな風に見えているのか知るのが怖い。大庭に言い寄られて浮かれているように見えていたらどうしよう。

(ち、違うんです……)

ひとまずなんとか落ち着こうと水を飲んでいると、漱石がどこか面白そうに「亜紀、考えてやってもよいのではにゃいかね」と言った。

(ちょ、ちょっと先生まで何を言うんですか!)

大庭は寒月の方をちらりと見てにやりと笑った。

「でも……残念ながら、亜紀さんには、ちゃんと好きな人がいるみたいなんだよなぁ」

とたん、亜紀は盛大にむせた。

(ぎゃああぁ!)

亜紀は叫び出したくなる。

次から次に、なんてことを言うのだこの人!

「うっ……っ」

喉の奥が焼けるように痛い。

「亜紀さん!?」

寒月が慌てたように背中をなでる。だが背中に触れた大きな手に動揺してしまう。

亜紀の手からコップが滑り落ち、

「わっ」

寒月のジーンズに水がかかる。

「さ、さつき、さ――」

すみませんと言いたいけれど、むせているせいで言葉が思うように出ない。

「大丈夫です、しゃべらなくていいですから」

しばらくしてむせるのが治まると亜紀は、平謝りした。

「す、すみません……！」

「大丈夫です。着替えあるんで」

どことなく嬉しそうな寒月を見て、なんだか複雑な気持ちになってしまう。

寒月に、彼を意識していると知られているような気がしてしまったのだ。

寒月が着替えるために脱衣所に向かうと、

「ふうん、そういうこと」

真砂がもの言いたげに唸り、ぐいとおちょこを傾ける。

「というわけで、牛歩の歩みだがにゃ、くれぐれも邪魔はしてくれるにゃよ？」

漱石が諭すように大庭に言う。

（うわああ、先生やめて！）

きっぱりと否定もできず、いたたまれない気持ちで亜紀はうつむいた。

「真砂くんはまあ、そもそもあまり色恋に興味にゃさそうだが」

「いえ、僕には心に決めた人がいますよ」

「え」

それにもびっくりしてしまう。

顔を上げると大庭がなんだかショックを受けた顔をしている。

「そうか。君は案外女人には情熱的だったかにゃ」

漱石は納得顔だ。

かと思うと真砂はううむ、と首をひねった。

「実のところ、なかなか一人に絞りきれないんですけど」

「え」

そういえば不倫がどうたらと言っていたことを思い出して、思わず顔をひきつらせた。

（うわあ、あんまり聞きたくないかも）

少しはらはらしながら答えを待っていると、真砂は頬を染める。

「魔法戦士マジカルアースのメンバー箱推しなんですよね……どの娘《こ》も本当にすばらしくて、甲乙つけがたくて」

それは女児向け人気アニメ番組だった。

この和装イケメンがまさかの二次元。亜紀は言葉をなくす。

シーンと静まり返った茶の間。なんとコメントしていいかと思っていたら、ちょうど寒月が戻ってくる。

その瓶底眼鏡とジャージ姿に、「誰?」と大庭と真砂の口から言葉がこぼれた。

「さっきまでいたろ?」

寒月は不思議そうに首を傾《かし》げる。

「さつきさんですよ」

「さつき? えって、あ、寒月くん?」

「え、兄弟とかじゃなくて?」

意外にも真砂が食いついた。目が興味で光っている。

「は? 何言ってるんだ」

だが自覚のない寒月は亜紀と大庭の間に座ると、黙々と肉を食べ出した。

「え、まさかの自覚なし? ここ、変人ばっかり集まってますね」

大庭が言い、寒月が即座に、

「いや、あなたにだけは絶対に言われたくない」

と言った。

「君も結構な変人だしにゃあ」

漱石が真砂に言い、真砂は嬉しそうに返した。

「いや、先生が一番です。なんと言っても猫ですから。格が違います」

「それは褒めておるのかね」

「もちろんです」

「やはり変わり者だにゃ」

つまりはここに集うのは変人ばかりなのだが、自分もそこに入っているのだろうかと亜紀はふと思った。

（いや、むしろ普通すぎてすみませんって感じ……）

まず文豪たちに混じっている時点で、比べてはいけないと思った。

頭の出来が全く違うし、そもそも亜紀は転生していない。——はず。

（頼りのさつきさんも普通、ではないし）

普通の人はなかなか東大には入れない。などと思っていると、漱石が言った。

「亜紀もずいぶんと変わっておるし」

「え？」

どこがだと思わず目で問うた。

「こんにゃのをごく当たり前に受け入れられるというのは、にゃかにゃかあり得にゃいからにゃ。肝がすわっておる」

大庭にそうだそうだと頷かれて寒月を見る。

すると寒月も楽しげに微笑《ほほえ》んだ。

（そんな事を言いだしたら、世の中には普通の人間なんていなくなっちゃうよね……）

だが実際はそうなのかもしれない。そもそも『普通』など、人によって違うものなのだ。

そう思った時、茶の間の柱時計がカチッと音を立てた。

見ると時計は午前〇時を回っている。

いつの間にかずいぶんと夜が更けてしまっていた。

「ああ、終電の時間ですね」

真砂が言い、

「ところで君たちの家はどこかね？」

漱石が問うと、

「おれは今は三鷹。玉川上水沿い」と大庭。

「僕は田端《たばた》ですね」と真砂が答えた。

それを聞いた寒月が呟《つぶや》く。

「かつて住んでいた土地ですね。やはり愛着があるのですか？」

「なんとなく住んでたけど、どこかで覚えてたんだろうな」

大庭が頷《うなず》く。

「僕は実家住まいなだけですが。思い出してからは、僕ゆかりの土地という案内を見るたびにくすぐったいですね」

真砂もわずかに苦笑いをして頷いた。

「じゃあ、大庭さん、そろそろおいとましましょうか」

そう言って立ち上がろうとした真砂だったが、ふらりとよろめいた。

「ん？」

そのまま座り込んでしまう。

「どうされました？」

「あぁ、飲み過ぎだろ」

大庭が笑うが、亜紀はびっくりした。

「顔に出ないタイプ？　水みたいに飲んでるから大丈夫かなって思ってたけど、日本酒って度数が高いからやばいんすよ」

真砂の顔が青くなると、大庭が漱石に言った。

「先生、今晩泊めてもらってもいいですか？」

「「え!?」」

突然の依頼に亜紀は思わず声を上げたが、その声には寒月の声が重なった。

「え？　って――」

思わず寒月を見ると、彼の顔がみるみる赤くなっていく。

それを見て、そういえば寒月がここに泊まる予定だったことを亜紀は思い出した。

「あれ、お邪魔だった？」

大庭に言われてはっとする。

大庭と真砂が泊まらなかったら、その場合、亜紀と寒月は（漱石がいるが）二人きりの夜を過ごすことになったはずだった。

思い当たった亜紀は目を丸くする。

「そういうんじゃ、ないから、大丈夫」

口元を隠して顔を背ける寒月の耳が赤い。

そこからなにか別の言葉がにじみ出ているように思えて、亜紀は動揺してしまう。

だが、口でそう言われてしまえば亜紀としてはこう言うしかない。

「え、えっと、あの……じゃあ真砂さんと大庭さん、この茶の間しか空いてないんで、さつきさんと雑魚寝《ざこね》していただいていいですか？」

すると寒月がため息を漏らした。

見ると顔があからさまにがっかりしていてぎょっとする。

（こ、これは、どう反応すればいいの！）

目で助けを求めると、漱石がやれやれとため息を吐いた。

「本当に三四郎《さんしろう》はどうしようもにゃいにゃ……肝心にゃ時にダメダメだにゃ……」

漱石がそう言うと、寒月は「うるさい」とぎりっとまなざしを鋭くした。

「拗《す》ねて先生に当たるなよぉ」

大庭が茶化すと、

「拗ねてないから！」

ちらと寒月がこちらを見る。そしてすぐに慌てたように目をそらした。顔が真っ赤だ。

そのまま寒月は「布団、借ります」と立ち上がる。

僅かだが口調の棘《とげ》が抜けきれていない。

（拗ねてる……）

わかりやすすぎて皆が苦笑いだった。

4

その翌日から、真砂と大庭は毎日のように店に顔を出すようになった。

休業中なのをいいことに、真砂は漱石に会いに——原稿を見せに顔を出し、その原稿を目当てに大庭がやってくるのだ。

「今日は鯛《たい》焼《や》きですよ」

「あ、おれは羊羹《ようかん》！」

二人が持ってくるお土産——すべて漱石の好物だ——のせいで、漱石が大歓迎するため、断ることもできない。

というより、休業中で基本的に暇なので断る理由もあまりなかったし、なにより、真砂と大庭が来ると、何かと心配なのか——特に大庭の挙動だろうけれど——寒月も火事の片付けや仕事の合間に様子を見に店に来てくれるのだ。

亜紀もそれ目当てに彼らを招き入れてしまう。

「ここはちょっと冗長じゃにゃいか？　工夫が必要にゃ気がするにゃ」

漱石が真砂の原稿を読み、アドバイスをしている。

真砂はそのアドバイスを真剣に聞き入れている。真面目で勉強熱心だ。

ただし、

「いやここはこのままの方が！　っていうか、神！　天才！　ここ とか最高にいい！」

と褒めちぎる大庭に対しては、一見笑顔で聞いているように見えるものの、実際はほとんど無視だった。

つまり師と仰いだ人間の言うことしか聞かないような、頑固な部分があった。

もちろん亜紀などお呼びでないので、原稿を読ませてもらえない。

一度ちらりと聞いたけれど、どうやら今は春に締め切りのある少年向けのライトノベルの新人賞を目指して書いているらしい。

先日、可憐《かれん》な美少女の描写を大庭が読み上げていたが、驚きすぎてあごが落ちそうになった。

騒がしいが、亜紀は賑《にぎ》やかな日々に救われている自分を感じていた。もし今、静かすぎる店に一人でいたら、病んでしまうのではないかと思えたのだ。

だが、それから数日後のことだった。大庭がとあるチラシを持ってきた。

「これ」

どうしたのだろう？　亜紀は覗《のぞ》き込んで目を見張る。

それは例の柴犬《しばいぬ》カフェのチラシだったのだ。

「駅前で配ってたんだけど」

「これが、どうしたんですか？」

亜紀は不可解だった。そして不快でもあった。

あの店のことを考え出すとどうしても腐るので、遠回りをして店のある通りを避けたり、情報をミュートしたり。できるだけ目に入れないようにしていたのだった。

それを台無しにされて内心むくれていると、大庭は歯切れの悪い口調で言った。

「ええと、おれ、亜紀さんに謝っておかないといけないことがあって。……ずっと黙ってるとさぁ、やっぱりなんていうかすっきりしないっていうか」

「あの、なんですか？」

だんだん不快さが大きくなってくる。この話はあまりしたい話ではなかった。

うまく行っている競合店の話など、勝負に負けて休業している店の店主にする話ではない。やはり大庭は無神経だと思う。

声が尖《とが》ると、大庭は黙り込む。そんな大庭に漱石も真砂も寒月も冷ややかな目を向けている。

「どうしたのかね、大庭くん」

しびれを切らした漱石が問うと、大庭は口を開いた。

「実はぁ……おれ、この店――ねこ茶房のアイディアを拝借して売っちゃったんすよね！」

「は？」

亜紀は固まった。

この人物の言っていることで固まるのは何度目だろう。

「どういうことかね」

漱石が険しい顔で近づいてくる。

真砂もいぶかしげな顔でこちらを見て、寒月に至っては射殺しそうな目をしていた。

「それが……ここの猫カフェのノウハウ？　ってか、古民家カフェにマスコットキャラって部分、そのまま流用したら当たりそうだなって……夏目先生のＳＮＳの投稿見てて思ってさ……客にアドバイスしちゃったんっすよ」

「はあ」

生返事しか出なかった。だがじわじわとお腹の底が熱くなってくる。

「で、その客ってのがお得意さんのやり手の経営者でさ、おれのアイディア、メッチャ気に入ってくれて。そのおかげでたくさんシャンパン開けてもらったり、パーティー開いてもらったりでクビをまぬがれたっつうか……でもまさかこんな近所で競合するとも思ってなくって……つまり、ごめんなさい！！！！」

大庭はガバッと床に身を伏せ土下座した。

亜紀は、怒りを通り越して頭がくらくらしてきた。

呆《あき》れはてたため息が周囲に充満する。

皆も黙り込んでいる。誰も大庭にかける言葉を持っていないらしい。

「ごめんなさい！　二度としません、許してください!!」

大庭は何度も頭をこすりつけている。だが仕草が慣れすぎている。これほど心に響かない土下座があるのだろうかと思った。

しんと静まりかえった店内。漱石が大庭に近づく。

「本当に二度としにゃいのかね？」

「この場所、失いたくないです。だから、別の人間の口から伝わってばれるのは嫌だなって。怖くなりました」

大庭は頭をこすりつけたままで言った。

「手放したくない、絶対に」

「そうかね」

漱石はどこか嬉《うれ》しそうだった。

「心から欲しいものかね」

「……はい！」

「それにゃら、二度と裏切ることはにゃかろうよ。寒月くん、物騒にゃ顔はやめにゃさい。

――亜紀」

漱石はなだめるように言った。

「はい」

「許してあげてくれにゃいかね」

漱石が大庭の隣に並ぶと、同じように頭を下げる。その前足がするすると伸びる。

「え、えっ」

亜紀は驚愕《きょうがく》した。まさかとは思ったが、土下座をしようとしている!?

「ね、猫先生!?　やめてください！」

真砂が血相を変えて漱石を抱き上げる。

「こんな男のためにやめてください！」

すると漱石は何でもない様子で笑った。

「弟子の不始末の詫《わ》びは師がするものだろう?」

「え、弟子って」

大庭が目を瞬《しばたた》かせる。

「おや、あれは冗談だったのかね」

漱石はタブレットでSNSを開くと、漱石アカウント宛《あて》をしばらくたどったあと、一つのリプライを指さした。

それは大庭が漱石に宛《あ》てた投稿だった。

『漱石さん、おれを弟子にしてください! www』

どうみても通りすがりの軽口のような言葉だった。

だが、それには漱石のいいねマークがついていて、

『わかった。君を弟子にしよう。にゃにかあったらいつでも相談しにゃさい』

と心のこもった返信がついている。

亜紀はそれを見て、じんと心の奥が震えるのがわかった。

漱石は大庭の言葉をきちんと受け取っていたのだ。こんな軽口まで見逃さずに。

だからこそ、あんな風に大庭の元に駆けつけて、そして家にまで連れてきたのだ。

「世話焼きですよね、本当に」

寒月が息を吐きながら言った。

大庭は驚愕《きょうがく》のせいか、目を見開いて言葉を失っていた。

きっと書いたことさえも忘れていたのだろう。

その目が赤く充血している。

「にゃんだ違うのか。違うのにゃら、取り消すぞ。亜紀――こいつをつまみ出そう」

ころっと物騒な発言に切り替える漱石に、大庭が慌てる。

「わわわ、なんですか！　拗《す》ねないでくださいよぉお！　先生、改めて弟子にしてください！！！」

ぷい、と漱石は大庭から顔を背ける。

だがその顔は必死で笑いをこらえている顔だった。

亜紀は思わず噴き出した。しかしその時、

「いえ、簡単には許せませんよ」

寒月の冷たい声が店に響いて、一同が凍りついた。

寒月はにっこりと笑う。だが、目が笑っていない笑顔だった。

「大庭さんには、この店の立て直しを手伝ってもらいましょう。なにしろあの柴犬カフェをちゃんと当てられたんです。才能はあると思いますし。それでいかがです？」

「げ」

大庭は面倒くさそうに顔をしかめたが、

「反省しておるのだったにゃ？」

という漱石の圧力と、

「でしたよね」

という、今にも軽蔑に染まりそうな真砂の視線を受けて口をつぐんだ。

「うーん……しょうがないか。でも立て直し……」

大庭は立ち上がると膝《ひざ》をぱんぱんと払い、ぐるりと店内を見回す。

「この店の古民家を再利用したところ、そして昭和っぽい雰囲気作り、あとマスコットキャラ。コンセプトはすごくいいし、面白いなって思います」

褒められて一瞬顔が緩みそうになる。だが、大庭はすぐにどこか哀れむような顔で亜紀を見た。

「だけど……おれ、ここなら真似《まね》できるって思ったんすよね」

「真似……？」

「真似できるってことは、誰でもできること。つまりたいしたことじゃないんすよ」

たいしたことじゃないという言葉がぐさっと胸に刺さる。

傷口から反論が溢《あふ》れそうになるが、ぐっとこらえる。真理だと思ったからだ。

「あの柴犬カフェだって、きっといつか真似されます。だけど、真似した手前、文句も言えないんっすよね。つまり、ええと……この店のオンリーワンがあればいいんじゃないっすか？　誰にも絶対に真似できない何か。それがあれば最強っすよ」

大庭はそこまで言うと、口を閉じた。

亜紀の心の中に重くよどんでいた憂鬱《ゆううつ》が、みるみるうちに消えてなくなっていた。

代わりに生まれたのは小さな希望。

（うちの店でしかできないこと……）

全身を覆った震え──それは武者震いだった。

あるのではないだろうか。

亜紀は漱石を見る。真砂を見る。そして大庭を見た。

（ある。だって、ここには『本物の』漱石や芥川や太宰がいる。それを活《い》かすことができたら──）

亜紀は棚に置いたままの名作たちを思った。

騒ぎの連続で忘れていたけれど、文学に力を入れようと思っていたのだ。

それは間違いなくこの店のオンリーワンだ。

胸が騒ぎ出して苦しくなってくる。駆け出したいような気分だった。

「大庭くんはにゃかにゃか目の付け所が面白いにゃ」

「わ、褒められた！」

真砂の顔から呆れが減って、寒月の目からも冷たさが半減しているように見えた。

「これは、もしかするともしかするかもにゃ」

〈引用文献〉

2　太宰治『人間失格』百五十六刷改版、9ページ、二〇〇六年、新潮社

※127ページ17行目の『　』で括《くく》った台詞《せりふ》は、右記より本文を引用しています。

六　木曜会、ふたたび

1

（うーん……漱石《そうせき》、芥川《あくたがわ》、太宰《だざい》……）

あの日から亜紀《あき》は毎日呪文《じゅもん》のようにその言葉を唱えている。漱石、芥川、太宰。その作品をカフェに繋《つな》げる方法を考え続けている。だが、

「今回のもさいっこうっすよ！」

真砂《まさご》の原稿を読んでいた大庭《おおば》が奇声を上げ、亜紀の集中力はそこで途切れた。

（あぁ……集中できない……）

この場所は考え事には向かない気がする。ため息をついていると、

「君さ、もう少し静かにしてくれないか。というか何、その言葉使い……正しい言葉を使わないと人間に戻れなくなるよ」

淡々と、かつ凄《すさ》まじい速さでキーボードを叩《たた》く真砂が冷ややかに言った。辛辣《しんらつ》だ。

「いやいや、君の今書いているものにゃら、むしろ大庭くんの口調を取り入れてみるのもよいのではにゃいかね」

しかし、会話に漱石が加わると、

「そうですね……！　さすが先生」

真砂はころっと態度を変えた。漱石は店が開いていないのをいいことにごろごろとソファを堪能《たんのう》している。

「先生、次の作品が書けたら読んでいただきたいんですけど——あ、そうだ、これ食べてください！　空也餅《くうやもち》です！　予約できたので買ってきたんです！」

「にゃんだと？」

漱石の耳がピンと立った。

「空也餅！　寒月《かんげつ》くんが約束を破って食べそこねていたやつだにゃ！」

がぶりと餅にかじりつく漱石を真砂はニコニコと見ている。

大庭との扱いの差に驚いてしまう。というより、こういう時、真砂が大庭を虫けらほどに見ているように感じる。

だがおとなしく原稿を渡しているところを見るに、作品を褒められること自体は嬉《うれ》しいのだろうと思った。

「真砂さん、おれの分は？　空也餅、おれも食べてみたい！」

「ないですよ。むしろ自分で持ってくるべきだ」

そう言うと「亜紀さん、寒月さんの分はありますからどうぞ」と餅の詰まった紙箱を差し出した。

粒の残った牛皮に餡《あん》の色が透けている。ぎっしりと包まれているのが見てわかる。

「あ、ありがとうございます」

ほろり、と甘さ控えめの餡が口の中で解《ほど》ける。

「お、美味《おい》しい……」

感動していると、一人感動を味わえなかった大庭が泣いている。

「真砂さん、ひどい！　どエス！」

大庭は大庭でその扱いにぐちぐち言いつつも、口元には微《かす》かな笑み。構ってもらえることに喜びを感じているらしい。こちらはマゾかもしれない。

「もうちょっと優しくしてくださいよぉ。おれはあなたの大事なマネージャーなんだから」

「は？　マネージャー？」

真砂は胡乱《うろん》な目で聞き返した。

「おれがマネージメントして、真砂さんをかならずや大作家に押し上げてみせます！　だから真砂さんはとにかく面白いものを書いてください！」

大庭が言うと、漱石が頷《うなず》く。

「それは案外よい考えかもしれにゃいにゃ。真砂くんは真面目すぎて営業や売り込みには向いておらんから」

「先生……」

見捨てられた子犬のような目で真砂は漱石を見た。

「今は菊池《きくち》くんがおらぬだろう？　君には代わりに支えてくれる人間が必要だよ」

「……彼にはずいぶん助けられました」

真砂はその名を聞くなりしんみりと呟《つぶや》いた。

「菊池くん？」

亜紀が首を傾《かし》げると、窓際で静かにパソコンを叩いていた寒月が顔を上げる。

彼はこのところ店で作業をするようになった。火事の片付けは終わったらしいけれど、ここのほうが捗《はかど》るそうだ。

「菊池――菊池寛《かん》は作家でもありますが、出版社を立ち上げた実業家でもあります。ああそうだ、芥川賞と直木賞を作った人ですよ」

「ええっ、そうなんですか！」

作家業の傍ら会社を立ち上げる。しかもそんな有名な賞も。すごい。

感心していると、大庭が手をあげる。

「あ、亜紀さん、真砂先生の珈琲《コーヒー》おかわりお願いしますね！　将来の芥川賞作家ですよ！」

もうマネージャー気取りだが、真砂はサラッと否定する。

「純文学には今のところ興味はないです。万が一あるとしたら直木賞でしょう。書いているのはエンタメですし」

「えええ……？」

芥川龍之介《りゅうのすけ》が直木賞……。想像して苦笑いをしつつ、おかわりのため亜紀は立ち上がる。

だが、ふと思い出して言う。

「あの。大庭さん、ツケをそろそろお支払いいただいてもいいですか？」

真砂は毎日ちゃんと払っていくのだが、初めて来た時から大庭の支払いはない。ツケを頼まれて承諾したことを後悔しはじめていた。

「あー、そうだったそうだった」

大庭は財布を取り出そうとするが、「あ、忘れてきた！」と言って慌てて外に飛び出していこうとする。

だが「大庭さん」、と寒月が引き留めた。

大庭はびくり、と入り口付近で足を止める。

「どこまで取りに行かれるんです？　というか財布もないのにどうやってここまで来られたんですか？」

顔が笑っていない。

「いや、それは、そのう……」

「あなたには有名な前科がありますからね」

前科？　と思っていると、大庭は顔を引きつらせたまま言った。

「いや、ちゃんと戻ってくるから。真砂さんを人質にとか恐れ多いことはできません
し！」

「人質？」

亜紀が首を傾げた一瞬の隙に、大庭は店を飛び出していった。

だが待てども待てども戻ってこない。日没になっても店に現れない大庭に、

「……やられましたね」

寒月がため息を吐いた。

「『信實とは、決して空虚な妄想ではなかつた。』[3] とはなりませんでした」

なんだろう？　亜紀は尋ねた。

「あの、さっき言っていた前科って？」

「『走れメロス』ですよ」

「走れ——あ！」

さすがに亜紀も『走れメロス』は知っている。

だが、メロスは人質となったセリヌンティウスのためにきちんと戻ってきたのではなかったか。二人の友情に感動した王がメロスの罪を許したという物語《ハッピーエンド》。

思い出して首を傾げていると、寒月はため息を吐いた。

「あれには元ネタがあるという説がありまして。その元ネタでは、太宰は高級旅館で飲み食いした後、友人に勘定を押しつけて戻ってこなかったんです」

亜紀は青くなる。

彼のツケはかれこれ二週間分なので一万を超えている。

若生《わかおい》おにぎりに使う若生昆布は、津軽《つがる》からの取り寄せ品で結構なお値段なのだ。今の休業状態での踏み倒しはつらい。

だが、漱石はかかと笑った。

「戻ってくるよ。今ごろ、金をかき集めているのではにゃいかね」

2

大庭が戻ってきたのは翌日の朝だった。

「亜紀さーん。お金持ってきました！」

時計を見るとまだ八時だった。

あきらめかけていた亜紀は、驚きつつひとまず店を開ける。辛《かろ》うじて着替えは済ませていたがまだノーメイクなので、ちょっと気まずいが仕方がない。

「いやぁ、この間クビになったところ、未払いの給料があったんで。なんとか払ってもらえました！」

その服には泥がついている。何かあったのだと察して青ざめる。

「あの——乱暴されたんですか」

どうしてそこまでして。

驚いて見つめると、大庭はにこりと笑った。

「信じてくれてるって思ったから。走ろうって思えたっていうか」

わずかに恥ずかしそうな表情でそう言うと、太宰はツケにしてあった代金とスーパーのレジ袋を差し出した。

「あの、これ」

お土産だろうか？　と受け取った亜紀は、その重さにびっくりして中を覗《のぞ》き込む。

「………鮭《さけ》缶、ですか？」

高級鮭缶が十個ほど。それから旨味《うまみ》調味料も入っている。

「これメッチャうまいんすよ～」

大庭はそう言うと「どんぶりありますか」と尋ねた。

「どん、ぶり？」

何に使うのだろう？　と訝《いぶか》しむと、大庭は笑った。

「あ、次の仕事決まるまで金欠なんで、自炊させてもらっていいっすかね。若生おにぎりは結構高いのでしばらく我慢します」

「…………」

我慢と言われても元々メニューにないのだが、と亜紀は遠い目になる。そもそも自炊なら家で食べればいいのではないだろうか。

（あ……そっか）

つまり、家にはないものがここにあるということなのだろう。そう気づくと断れなくなってしまう。

無邪気な子犬のような目を見ながら、亜紀は白旗をあげる。

「……珈琲代と材料の実費はいただいていいですか」

「もちろんです！」

亜紀は苦笑いをしながらどんぶりを探す。差し出すと、大庭は言った。

「ごはんありますか？」

「冷凍のしかないんです」

「ちょうどいいっすね」

どういう意味だろうと思って首を傾げる。

「炊きたてを茶漬けにするのって、けっこうな罪悪感がないっすか？」

なるほど、と同意する。湯気の上がる炊きたてのご飯は、おかずがいらないくらいのごちそうだと、亜紀も思う。

亜紀が解凍したごはんをどんぶりに入れると、大庭はそこに鮭缶の中身を全部大胆に投入し、さらに持参した旨味調味料をかけてお湯を注いだ。

「鮭缶茶漬け！　これがマジ旨いんすよ！」

ほかほかと湯気を立てるその茶漬けは、シンプルだが、鮭缶全部を投入したという贅沢《ぜいたく》さもあってすごく美味しそうだった。

レンゲを出すと大庭はそれで茶漬けをすくった。

かすかに鼻を撫《な》でる鮭の香り。ごくり、と亜紀の喉《のど》が鳴り焦る。

（うわあ、物欲しそうに見えたかも！）

すると大庭は顔を上げた。

「一口いります？」

「え、あの」

「遠慮しないで。ほら、あーん」

と言って差し出された時、がらりと店の扉が開く。

「――本当にあなたは油断も隙もない人だな！」

息を切らせた寒月だった。ジャージ姿に眼鏡、しかも寝癖がついた髪。今起きたばかりといった様子だった。

亜紀は青ざめる。もし大庭に応《こた》えていたら誤解を招くところだった。

（っていうかなんでこのタイミング⁉　まだ開店もしてないのに！）

亜紀のピンチに寒月が現れる回数が多すぎる。

だがそこには条件が一つ加わっていたことを思い出した。

（――まさか）

ハッと茶の間の方を見ると、漱石がニヤニヤと顔を出す。

「どうやら天然のタラシだからにゃあ。うかうかしてられにゃいにゃ、寒月くん」

はっとしてSNS（監視するために登録とフォローをしたのだ）を見ると「オーバ来店。いい雰囲気だにゃ！」と一言。

（ね、猫先生〜〜〜！）

助けてくれたのかもしれないとも思うが、からかって面白がっているだけのような気もする。

ぐったりしていると、大庭は鮭茶漬けをかき込んで「やっぱりウマい！　おかわりありますか？」と能天気に言った。

誰のせいで亜紀がまごついていると思っているのだ。

自由すぎる。自分もこのくらい自由に生きていけたらいいのにと思う。

「もうないんで、ごはん炊きますね」

言っても無駄だとあきらめの境地で米を洗っていると、ふと気づいた。

（ごはんって、今のメニューにないのになぜか毎日炊いてるよね……）

亜紀はもう一つの悩みの種を思い出した。

「あれ、大庭くんがいる。寒月くんも。早いね」

からりと扉が開いて和服に身を包んだ男が顔を出した。真砂だ。

（え、なんで）

亜紀は驚く。彼はたいてい昼過ぎに現れるのだが。

「おはようございます。真砂さん……、今日は早いですね」

「ああ、執筆がのってきたので。今からでもお店、大丈夫ですか？」

その真砂は毎日メニューを全く見ずに鰤《ぶり》の照り焼きを注文する（そしてそのためにごはんを炊く必要がある）。その後、珈琲《コーヒー》一杯で長居するのだった。

（今日は一日コースかな……ってことは鰤が二食分必要？）

そんなことを考えつつ、真砂に尋ねる。

「あ、ええと、大丈夫ですけど、まだ準備ができてないので焼麵麭《トースト》セットでもいいですか？」

真砂が少々残念そうに頷《うなず》くのを見て、ひとまず真砂と寒月と漱石の分のモーニングセットを作り、テーブルに並べていると、扉が叩《たた》かれた。

「亜紀ちゃん？　人の声がしたけど……」

「神田《かんだ》さん！」

顔を見せたのは神田だった。

足元でチワワが店を覗き込む。どうやら犬の散歩中らしい。

「もしかして今日は店開けるのか？」

「いえ、まだなんです、……すみません」

「大変だったからねえ。だけど待ってるからな！」

神田は残念そうに言うと、ねぎらいの言葉を置いて帰って行く。

亜紀は呆然《ぼうぜん》と見送ってしまう。

『待ってるから』

その言葉にがつんと殴られたようになっていた。

（待っててくれる人がいるんだった）

数は少ないけれど来てくれていた常連さんたちのことを思い出すと、このままではいけないという気分が急激に湧き上がってきた。

（ゆっくり考えている場合じゃないよ。本腰入れてやらないと）

いつの間にか考えていること自体に満足していなかったか。うるさいからと環境のせいにして手を抜いていなかったか。また、楽な方に流されていなかったか。

しっかりしろと、両頬をぱちんと叩く。

店に入って棚からノートを取り出した。

今度こそと、

「文学とカフェを絡めるには？」

呟《つぶや》いてみるが全然思いつかなかった。しかも、

「だからー！　そこはそのままでいいっすよ、真砂さんテンサイなんだから！」

「いや、ジャンルがジャンルだから、もうちょっと遊びがにゃいとだめだにゃ」

「でもぉ」

「先生が正しい！　ここは加筆で」

とまたいつものが始まってしまう。考えるにはやはりこの環境はうるさすぎた。

（うわああ、うるさい……ああ、でも今度こそ集中！）

亜紀は理性を働かせる。そしてノートを注視する。

（文学をメニューに反映させる？　どうやって？　ええと、たとえば、猫先生の作品に出てくる食べ物とか？　『吾輩《わがはい》は猫《ねこ》である』にはお雑煮《ぞうに》が出てきたよね……）

とその時、がたんと椅子が倒れる。

「先生だって間違う！」

「何だと、訂正しろ！」

あわや乱闘騒ぎとなり、亜紀の理性がふっと消える。

「――ちょっと静かにしてもらえませんか!!」

思わず言ってしまって自分にびっくりする。二人も目を丸くして亜紀を見つめていた。

（ああ、やっちゃった！　お客さんなのに！）

青ざめて謝ろうとしたが、遮るように漱石が言った。

「こやつらは客でもにゃんでもにゃいから、謝らにゃくてもよいぞ」

「ええー客じゃないんすか？」

大庭が眉《まゆ》を下げて反論する。

「自炊しておる大庭くんは間違いにゃく客じゃにゃい。が、真砂くんも客のつもりにゃら客のマニャーを守りたまえ。メニューににゃいものを当たり前のように注文するでにゃい」

ぴしりと言われて二人の弟子は黙り込む。

そんな二人に漱石は柔らかい声色で言った。

「一旦小説の方は休憩して、亜紀とこの店を助けてやってくれにゃいか。これまでさんざん世話ににゃっただろう？　このまま休業を続けると、常連客も離《はにゃ》れてしまう」

漱石の言葉に亜紀は驚く。漱石は亜紀を見ていてくれた。そして悩みや焦りにちゃんと気づいてくれていた。

胸が熱くなっていると、漱石はぽん、としっぽでテーブルを叩いた。

「ここがにゃくにゃっては二人とも困るのではにゃいかね？」

「なくなる？ え、本当に？」

真砂が丸眼鏡の奥の目を丸めた。

「店というのは閉めていても経費がかかりますから。水道光熱費、リース代など諸々《もろもろ》……家賃はいらないかもしれませんが固定資産税がかかりますし」

寒月が言い、亜紀は頷く。

そういった必要経費は今、貯金から捻出《ねんしゅつ》している。収入がないのだから、それもいずれ尽きるだろう。そうなったら、もう終わりだ。

「困ります！」

危機にはっきり気がついたのか、真砂の顔が青くなった。

「にゃらば協力しにゃさい」

「きょ、協力します！」

真砂はぶんぶんと縦に頭を振った。そして同意を求めるように大庭を見る。

いつにない迫力に圧《お》されて大庭も頷いた。

「おれも……がんばりまっす。店を立て直すって約束してますし……」

そんな二人に満足そうに頷くと、漱石は亜紀を見た。

「亜紀は文学について悩《にゃや》んでおるようだが」

話してみたまえ、とばかりにじっと見つめられ、亜紀はそろそろと口を開く。

「あぁ、えっと……文学とカフェをうまく絡めるにはどうすればいいのかなって。前は猫先生の好物をメニューに加えればって思っていて、『おしるこ』、『牛鍋丼《うしなべ》』、『鶏《とり》ソップ』までは考えてあるんです。でもアイディアが尽きて……それなら猫先生の作品から見つけようかなって、お雑煮とかも考えていたところなんですけど」

悩みを口にすると漱石はふむふむと考え込む。そして言った。

「文学とカフェを絡める……それにゃらばこの二人に考えさせればよいではにゃいか。餅《もち》は餅屋というであろう」

「お二人に？」

漱石は頷く。

「まずは真砂くん、大庭くんともにそれぞれメニュー案を一案ずつ出すのだ」

「メニュー案？」

「文豪ゆかりのメニューを開発すればいいではにゃいか。こやつらの好物、ゆかりの食べ物を出すのだ。そうすれば、自然とそれは文学に結びつくはずだ」

「どういう、ことですか?」

好物が文学に結びつくというのがいまいちわからなかった。しかも好物だと亜紀のやり方と代わり映えしない。そこから脱却したくて悩んでいると言ったのに。

　だが漱石は言った。

「文学というのは、生活に根ざしたものだからだ。私の作品に出てくる食べ物は、私の経験から生み出されたものだった。それは芥川でも太宰でも同じだろう」

「心に引っかからないものは出さないな」

　と真砂が言い、大庭も頷いた。

　なるほどと納得する。だが亜紀は「でも……それは、だめです」と渋った。

「にゃぜだね？　芥川と太宰、これほど有名にゃ作家もおるまい。利用するのがよいだろうよ」

「でも……」

　いいアイディアだと頭ではわかっている。

　だが、亜紀の頭の隅では掲げるはずの看板がちらつく。

「それだと……『漱石ねこ茶房』ではなくなってしまいます」

　亜紀がこの店をやりたいと思った原点だ。

亜紀は漱石が好きだからこの店をやってみようと思ったのだ。その原点を変えたくない。

胸が詰まって黙ってしまうと、寒月がそっと言った。

「おれは、店の名前は『漱石ねこ茶房』のままで構わないと思うけど」

「え、でも」

『漱石山房《そうせきさんぼう》』みたいなものと考えればいいんじゃないか？」

亜紀は思い出す。この間漱石記念館に行った時に知った、漱石山房の話を。

弟子たちが漱石を慕って、毎日のように通っていた漱石の家。

「この店は漱石という文豪のようなものだと思う。起点にどんどんといろんな線でつながっていく。真砂さんは直接の弟子だし、大庭さんはその弟子に憧れた文豪だ」

寒月が関係図を手帳に描いてみせる。

芥川、太宰、と書き込んだ後、線を引いていく。他にも寺田寅彦《てらだとらひこ》、正岡子規《まさおかしき》とどんどんゆかりの名前が書かれていく。

これだけ多くの人が漱石を慕っていたのだ。

ならば、漱石を中心に縁という線がどんどんと広がっていくのだろう。

その起点となるのがこの店。

（なんて素敵……）

なによりこのアイディアは、他の店には絶対に真似《まね》できない気がした。

コンセプトに胸が震える亜紀に、漱石はふんわりと笑う。

「亜紀。私はこの場所にかけてみたいのだよ」

「この場所にかける？」

「まだ未練を引きずっている者がいるかもしれにゃい。文豪が集まると聞けば、引き寄せられるかもしれにゃいだろう？　できることにゃらば会ってみたいのだよ。かつての弟子たち、それから友たちに。そしてともに今生を楽しみたい」

漱石の顔がひどく優しい。

ふと、誰のことを思い浮かべたら、こんな顔になるのだろうと思う。

「頼む、私のためにも」

私のため、という言葉に、胸の中の凝り固まった意地が溶けていく。

（だって、猫先生、そんなこと言うけど……本当は私のため、だよね？）

亜紀の中の、後に引けないという想《おも》いを汲《く》んでくれているのが、なんとなくわかってしまう。

その上で、最良だという道を示してくれている。

（やっぱり先生、だな）

「そう思うとここは奇跡のような場所だな。本来なら会えるはずのない人に出会える場所だ」

大庭が感慨深そうに言う。その目は真砂に留まっている。

本来ならば、この二人の人生は交わることはなかった。

と思うと、確かに奇跡が集約したような場所だった。

そんな場所を預かっていることの重みが今更ながら身に染みてくる。

「どうかね亜紀」

漱石が確認するように亜紀を見つめた。

亜紀はただ頷《うなず》く。

「やります。絶対素敵な店になります。——真砂さん、大庭さん、どうぞよろしくお願いします！」

3

それから一週間ほど、亜紀は二人の作品を読み込んだ。それから彼らにまつわる資料本も。

寒月と真砂、大庭にも協力してもらい、ネタ出しはなんとか終わった。

太宰については若生おにぎりと豆腐の味噌汁《みそしる》という、『斜陽《しゃよう》』に出てくる『斜陽おにぎりセット』が最初に候補に上がる。

また彼は、例の鮭《さけ》缶の茶漬けに、毛ガニが好物だったらしい。漱石となんとなく共通点を感じるラインナップだった。

つまりはB級で作りやすさを感じる。ただし毛ガニはさすがに除外させてもらう。どう考えてもカフェで出すものではない。

「あの……津軽には太宰丼というのがあるみたいなんですけど、そんなのはどうです？」

太宰丼というのは、ひきわり納豆に醤油《しょうゆ》の代わりに筋子の醤油漬けを載せたという丼のことだ。

亜紀なりに調べて作ったものを出すと、大庭は目を丸くした。

「すげえ！　そんな名前付いてるのこれ、ウケる」

自分のことなのにあまり興味がないらしい。

（あ、でも死後に出身地で出されているものだから知ってるわけないか）

「いいね。旨《うま》いし載せるだけで簡単だし。まあまあ原価率もよさそう」

と軽く言われてしまうと迷いが出た。

「う－ん……」

簡単なのはいいけれど、大庭の思い入れがさほどなさそうで悩む。

「それより……あれをアレンジしてみては？」

今日も店で仕事中の寒月が言う。きちんと仕事モードの奇麗めの服装だ。

「あれ？」

亜紀が視線を追うと、大庭が自炊に使っている鮭缶があった。

（あ、なるほど！　鮭缶じゃなくて焼き鮭にすればいいんだ！）

旨味調味料を止《や》めて、出汁《だし》を工夫すれば味に個性も出てくるだろう。トッピングにもこだわれば、ありかもしれない。

（ホカホカのごはんに——あ、麦飯も混ぜるといいかも——生鮭《なまじゃけ》をあぶったものをたっぷり載せて、薬味を載せて……美味《おい》しそう！）

なにより店に出しているイメージが湧く。これが一番重要だと思う。

（うん、これに決めよう）

ただ、一つ決まった！　と喜んだのは束《つか》の間《ま》だった。

芥川については、真砂本人からは『鰤の照り焼き』しか出て来なかった。あとはうさぎやの最中《もなか》。鰤の照り焼きはカフェとは親和性がなく、うさぎやの最中を仕入れてそのまま出すのはさすがに芸がない。

真砂は真砂なりに考えているようだけれど、そもそも気に入ったらずっと同じものを食べ続けるタイプなのか、食にそれほどこだわりがない。これは性格だから仕方がないと思う。

（うーん……太宰治《おさむ》ばっかりに偏っちゃう）

「これなんかは？」

行き詰まっていると、寒月が古い本を差し出す。

「あ」

真砂が目を見開いた。

「これ、思い出した。そういえば書いた！」

とちょっと興奮した様子の真砂が見ていたのは、芥川が書いた書簡だった。

絵が描いてあり、横に説明書きがある。

これがいい。これしかないと思った。

「真砂さん……これで行きましょう！」

＊

何度も二つのレシピを試作し、これぞという味が出せるようになったのはその五日後だった。

一つは太宰治考案の鮭茶漬け。

新鮮な生鮭を炙《あぶ》ってご飯に載せる。そこに出汁をかけ、ねぎや青じそなどの薬味を添えたもの。一見ただの茶漬けだが、口に入れると違いがわかる。出汁に鮭のあらを使ってあるのだ。

もう一つは、芥川考案の大福だった。

牛皮に餡《あん》とクルミを包むというもの。餡は前日から炊いた自家製餡だ。

自信満々で試作品を出すと、「旨い、旨い！」とすごい勢いで食べ終わった漱石が首をひねった。

「どちらもよいと思うのだが……名前《にゃまえ》はどうするのかね」

「名前……」

難問が降ってきて再び頭を抱える。

コンセプトは文豪ゆかりのごはんだ。だとすると……。

「大福の方は、芥川大福？」

自分で言っていまいちだと思った。

「太宰丼とか……あ、津軽のと被《かぶ》っちゃいますね」

うーんと唸《うな》る。

（ああ、名付けのセンスが欲しい！）

「どうも亜紀には向いていてにゃいようだにゃ……『猫先生』で使い果たしたかにゃ……」

漱石が残念そうに言う。

言葉のスペシャリストの中でセンスを競う気などまるでなかった。亜紀はうなだれるだけだ。

「文豪名だけではなく、作品もモチーフにするのはいかがですか」

真砂が眼鏡を押し上げて言った。

「たとえば……この大福ですけど、三個で一セットにして、クルミが入っているのは一つにするとか」

「一つ、ですか?」

「ああ、なるほど」

寒月が目を見開いた。真砂は頷く。

「誰が犯人かわからない。その名も、『藪《やぶ》の中大福』です」

「おもしろい、です!」

亜紀一人ではとても思いつかないアイディアだった。

「じゃ、じゃあ、おれのは?」

大庭がはしゃいだ。

「あなたのはそのままで面白いです。すでに作品にちなんだ真面目な『斜陽おにぎり』があるんですし、そうですね……『太宰の旨味茶漬け』なんていかがです」

「ええ〜〜」

「だってその茶漬けは、あなたの私生活にもとづいたものでしょう」

「まあ、作品には出てないかな……」

「あなたの場合、実のところ作品より波乱万丈な私生活の方が面白がられてるんですからいいんじゃないですか」

珍しく真砂が饒舌《じょうぜつ》だ。楽しそうなところを初めて見た。少し心を許しているのかもしれない。

「うお、辛辣《しんらつ》！　え、そうなの？」

大庭が亜紀と寒月を見る。

答えに困り、思わず亜紀は目を逸《そ》らしたが、寒月は、

「あなたの作品は昭和《しょうわ》という時代に寄り添うような作品だったと思います」

と真面目にごまかし――いや、批評をした。

（さつきさんって、本当に何者……）

だがどちらもすごくぴったりだ。

言葉の選び方が秀逸で、さすがだと思った。

（うわあ、とうとうメニューが決まった！）

漱石ゆかりの品は『火鉢の焼麺麭』、『ビーフシチウ』に、新しく追加した『牛鍋丼』、『おしるこ』、『鶏ソップ』。

それから芥川ゆかりの『藪の中大福』。

太宰ゆかりの『斜陽おにぎり』と『太宰の旨味鮭茶漬け』。

ずらりと並んだ新しいメニューにどきどきする。

「あとはここに本棚を置きたいんですよね」

メニューを見た客が手に取りたくなるような、そんな本棚を。

(で、ここにずらりと猫先生の本とか、芥川龍之介、太宰治を並べたら素敵。それに、もしかしたら、まだまだ他の文豪の本が増えるかもしれないし！)

そんな可能性が頭の中で膨らんでいく。

それは次第に希望に変化していき、亜紀は早く店をオープンさせたくなってくる。

わくわくしていると、寒月が「亜紀さん」とどこかかしこまった口調で言った。

「ご提案なんですが……店の内装も一緒に変えませんか？」

「え、でもそれは前に難しいって」

この間、資金繰りの関係でその話は保留となっていたはずだった。

(ま、まさかまたお金を援助してくれるとか考えてる!?　ダメ！　それはダメ！)

顔をひきつらせると、寒月は苦笑いをした。

「お金はかかりませんよ」

そう言って、寒月はノートパソコンの画面を見せてくれる。

現れたのは見積書《みつもり》。その金額を見て見間違いかと思った。

亜紀の貯金でなんとかなる、それどころかおつりが来る金額だったのだ。

「大きな改装は床の張り替えだけです。床材はおれの仕事の取引先から安く手配できそうですし、作業はおれたちでやるので人件費も安い」

「『おれたち？』」

真砂と大庭がぴくりと反応する。

「もちろんお手伝いしていただけますよね？　さんざんお世話になってますもんね？　あ、もちろんお給料は払いますから」

寒月が笑顔で言う。圧のある笑顔に二人はしぶしぶというように頷《うなず》いた。

亜紀は見積書を凝視する。

不可能が可能になってきたように見えて、なんだかどきどきしてくる。

ふと見積書にある文字が目に飛び込んできた。

「この、ワークスペースというのは？」

すると寒月は真砂と大庭を見た。

「そこのお二人みたいに、珈琲《コーヒー》一杯で長々と居座るような人のための定額制の作業場所ですよ」

「て、定額制⁉　金取るの⁉」

大庭が真っ青になる。

「……珈琲一杯じゃまずかったですか」

真砂は真砂で思うところがあったのだろう。気まずそうに口をつぐんでしまった。

漱石がかかと笑った。

「反論できぬにゃあ」

だが寒月は漱石にも矛先を向けた。

「それに店で騒がれると他のお客様にもご迷惑がかかりますし、堂々と猫と話されても困りますから。おれもいつもいるわけではないですし。何より……このワークスペースは、他の店には真似《まね》できない場所にきっとなります」

寒月の目が力強い光を放っている。

今までに一度も見たことのないような、自信に満ちあふれた顔に、亜紀は思わず見とれてしまう。

「にゃるほど。一石二鳥の案というやつか。よいではにゃいか」

寒月はふっと笑う。

(え、でも)

亜紀はぐるりと店を見回した。肝心のスペースがないではないか。

「どこにそんな場所が……?」

寒月は茶の間を見た。

「間取りを見てもらえばわかりますが、茶の間は店の隣にあります。仕切りの扉の隣で、ふすまを開けるとすぐに入れる。普段の生活でもほぼ使っていないのでもったいないなと前々から思っていて。母屋との仕切りを奥にずらすだけなので、大きな改装なしにそのまま使えると思います」

寒月のパソコンに間取り図が現れる。

そして次に完成イメージが表示される。

板張りになった店から靴を脱いで母屋に上がる。

ふすまを開けると、ちゃぶ台に火鉢、その上の鉄瓶。飴色《あめいろ》の古い簞笥《たんす》に、どっしりした本棚。

古い茶の間を活《い》かした、懐かしくも温かい昭和風のワークスペースが現れた。

見ていると、まるで改装オープンした店の中を歩いているような気になった。

周到なプレゼンテーションに亜紀の心が震える。

ふと、中央にいる猫が漱石に見える。さらには彼を囲み集う文豪たちが見えた気がして亜紀は目を見開く。

だが直後画面が切り替わり、幻も消える。

（え？　今の、何だったの？）

目を瞬《しばたた》かせていると、デザイン事務所KANGETSUという会社のロゴと、二級建築士水島《みずしま》寒月という名前が目に飛び込んできた。

「さつきさん、これ」

少し照れくさそうな寒月と目が合う。

「建築士、水島寒月としてのご提案です」

寒月はすごく奇麗な営業用スマイルを顔に貼り付けた後、名刺を差し出した。

久々に見た破壊力のある笑顔にしばし呆然《ぼうぜん》としていると、

「って言った方が、亜紀さんが遠慮しないかなと思ったんですが――」

寒月は営業用の笑顔をくずし、どこか『さつき』を思わせる真剣な目で亜紀を見つめた。

「おれもここで生まれ変わったんで。ここから始めたいって思ってた。この店のリニューアル、おれの初仕事にさせてもらえないかな」

4

数日後、ねこ茶房は改装工事に入った。

寒月の提案を断る理由などどこにもなかったのだ。

ジャージ姿の寒月と大庭、それから真砂が三人で作業中だ。

店の中の家具を外に出して、床材を貼り替えるという重労働。

ただ、床の上にあらかじめ測って切ってある木材を敷き詰めるだけの作業なので、多少重いだけで難しくはないのだそうだ。

「真砂さん、頼むからもうちょっと力入れて持ってくれ！」

「真砂さん、ひ弱！」

真砂が一人、寒月と大庭に文句を言われている。

（う～ん、確かに肉体労働とかしたことなさそうなタイプ……）

和服を着ている時はものすごく気品があるのに、ジャージだとどうしても貧相に見えてしまう。細いからだろうか。

そんなことを考えながら、亜紀は彼らのための昼食を作っている。せっかくなので、新メニューを全部振る舞うつもりなのだ。

そして猫の漱石には店に置く本を読んでもらっている。

寒月が寄付してくれた本、それから神保町《じんぼうちょう》の古本屋さんで手に入れてきた古書。それらを読んでは、好きな文章を抜き出してもらっているのだ。

昼過ぎには作業が一段落する。

明るい色の無垢材《むく》が敷き詰められると、店の雰囲気がぱっと明るくなった。

思い描いていた理想に一歩近づいた気がして期待が膨らんでいく。

昼食を食べながら、漱石が付箋《ふせん》をつけたページを真砂と大庭が読んでは感想を言い合っている。

「ここを選ぶんですか？　どうして？」

「どうしてもにゃにも、面白いじゃにゃいか」

文豪三人――二人と一匹での議論が始まると、寒月が面白そうに呟《つぶや》いた。

「ふうん……読書会か」

ジャージ姿のせいか、今日は完全に『さつき』モードのようだ。

ジャージはいつにも増してヨレヨレでメガネは埃《ほこり》で曇っている。下手すると頭にタオルを巻きそうな勢いだ。

「読書会ですか？」

聞き慣れない言葉だった。

寒月は眼鏡を外すと汚れを拭きながら、どこか焦点の合わない目で亜紀を見た。

「読書好きが一冊の本についていろんな意見を言い合う。そのことで本に対する理解が深まる」

「へえ……！　だけど難しそう、ですね」

意見を言えるほど読み込める自信がない。

亜紀が小さくなると、「人と話す、そのことが重要だったりするんだ」と笑う。

「人によって感じ方が違う。多彩な考え方を知ること自体を楽しむ場所だから、そんなに気負わなくていいと思う……ほら」

寒月がけんけんがくがくと議論を続ける文豪たちを見て苦笑いをした。

「やはり空也《くうや》だろう」

「いえ、うさぎやも捨てがたいですよ」

「どちらも食べればいいだけの話じゃないですかぁ」

（ん？）

よく聞くと今はどの最中《もなか》が一番美味《おい》しいのかという話題になっていた。かと思うと、また作品の話に戻っている。

文学についてと言うよりは、雑談の延長に見える。それならば亜紀も交じれるような気がした。

「議論に参加しなくても、聞いてるだけで楽しいですね。だって文豪たちが自作について話すとか――」

そこで亜紀ははっとする。

この間、頭に浮かんだイメージが形となって降りてきたのだ。

「あぁ、そうか。ワークスペース、コンセプト！　先生たちの話を聞けるイベントを開いたら、みんな聞きに来たいって思うんじゃ――」

ＳＮＳでもあれだけのフォロワーが集まったくらいなのだ。それは、漱石に興味を持つ人がそれだけ多いということだ。

「だけど、イベントとなると、かなり人が集まりますよ？　店の営業と一緒にするのは大変——」

寒月がはっとした顔になる。

「ここって定休日は——」

「木曜日ですけど」

亜紀が答えると、「すごい偶然だ」と寒月は目を見開いた。

「じゃあ、決まりだ。月に一度、茶の間で『木曜会』イベントを開こう」

木曜会、その言葉には聞き覚えがある。

記憶をたどった亜紀は思い出してはっとした。

かつて漱石が、彼を慕って毎日のようにやってくる弟子たちに困って面会日を決めたという日——それが木曜日だったのだ。

それを誰かが『木曜会』と呼ぶようになったという逸話。

「え、『木曜会』？」

顔を引きつらせた真砂が振り返った。

「だとすると、他の弟子が集まる……先生を独り占めできなくなる……」

おおお……と頭を抱える真砂に、

「他にも弟子いるからすでに独り占めじゃないっすよ……独占しているつもりだったんすか」

「あなたが先生の弟子などと、僕が認めると思っているんですか。弟子のつもりなら少しは書いたらどうです」

真砂の返しに大庭が「そんな事言われても」と眉《まゆ》を下げる。

ふと漱石が寒月のそばにやってくる。そして寒月の膝《ひざ》に顔をすりつけた。

「!?」

寒月がぎょっと跳《と》び退《の》く。

すると漱石は言った。

「寒月くん、ありがとうにゃ」

「先生、何か悪いものでも食べたのか?」

寒月は言うけれど、亜紀には漱石の気持ちがわかる気がした。

『木曜会』と聞けば、漱石のかつての弟子や友人が集まってくるかもしれない。

漱石の望みを汲《く》んだものに思えたからだ。

「そうと決まれば」

漱石は「筆と墨を持ってきてくれ」と言う。

「え、そんなこと言われても」

習字道具などあるだろうか?

戸棚を漁《あさ》る。だがやはりそんなものはなかった。あったのは一本の慶弔用筆ペンだ。

(うーん、これだと細すぎる?)

一応と持ち出しながら、亜紀は肝心なことに気づく。

「あの、先生、筆って……どうやって書くんです?」

漱石ははっとしたように自分の前足を見た。

字が書けないことに気づいた漱石は「にゃんたることだ」とうなだれる。

すると、

「ちょうどいいものがあるだろ。それを使えばいい」

言いながら寒月がたまらないといった様子で噴き出した。

どうしたのだろうと彼の指先を見て納得する。真砂と大庭も思わずと言った様子で破顔する。

皆、漱石の立派なしっぽに釘付《くぎづ》けだった。

「この自慢の尾を使えというのかね……」

漱石だけがむむと唸《うな》った。だが肉球のついた前足で書くよりは、現実的だと思ってしまう。

「じゃあ、おれ墨汁を買ってきますよ」

大庭は飛び出したかと思うと五分くらいで戻ってくる。

「さあ! やりましょう! 善はいそげですよ!」

大庭がテーブルの上に新聞紙を敷き始める。

そして書き初め用の長い半紙をセットした。

「先生、手伝いましょうか？」

真砂までもが言うが、漱石は躊躇《ためら》っている。

「ああ、こんにゃ時に菅《すが》がいればにゃあ」

「素晴らしい字ですからね」

真砂も同意し、寒月が笑った。

「もしかしたら見かねて現れるかも」

「――だといいがにゃ」

「菅？」

前にもどこかで聞いた名前だった。亜紀が一拍遅れて首を傾《かし》げると、

「菅虎雄《とらお》は漱石の友人で、墓石の字も彼が書いているんだ。あ、『羅生門《らしょうもん》』のタイトルも
確かそうでしたか」

と寒月が言う。

真砂が「そうなんです。僕のデビュー作」と誇らしげに頷《うなず》く。

（ああ、そういえば）

墓を見て『菅が書いてくれた』と言っていたような気がする。

「墨は洗えば取れる。そもそも黒猫なんだから問題なし」

寒月が言い、

「お風呂、先生のために沸かしますから」

亜紀も言った。すると漱石は「風呂？」と目を輝かせる。

「先生は風呂好きですものね」

と真砂が嬉《うれ》しそうに言う。

彼はどうやら純粋に漱石の書が見たいようだった。

あとに引けなくなったのか、それとも風呂に釣られたのかはわからないが、漱石はあきらめたようにえい、と皿に入れた墨汁にしっぽをつけた。

『木曜日を面会日とする』

できあがったのは張り紙と言うよりは現代アートだった。なんとか読み取れるというレベルで文字の形が残っている。

亜紀はスマートフォンでSNSを開く。それは新しく作った店のアカウントだ。

『木曜会イベント開催決定。第一回は夏目《なつめ》漱石の「こころ」をテーマにした読書会を行います！　猫漱石先生もスペシャルゲストとして参加しますよ　=^_^=』

課題図書に『こころ』を激推ししたのは大庭だった。

真砂と漱石はそれぞれに別のものを推したが、

「第一回はとにかく広く興味を持ってもらうのが大事ですから。以降、参加者が増えてきたらマニア向けにも展開する。内容はとにかく、派手さでは『こころ』に勝るものはないです」

という大庭のアピールに結局は引き下がった。

知らなかったのだが、『こころ』は累計七百五十万部以上も売れていて、日本で一番売れていると言っても過言ではない小説なのだそうだ。(ちなみに二番目はなんと太宰治の『人間失格』で、早くも第二回読書会イベントのテーマ候補となっている)

一緒に考えてもらった文言とともに、改装後の店と、張り紙と、猫の漱石の写真をセットでSNSにアップすると、漱石と大庭と寒月が一斉に拡散する。

とたん、一万人以上のフォロワーがざわめき出す。

元々が漱石に興味があるクラスタへ向けてのアピールだったので、効果は覿面《てきめん》だった。

ぽんぽんと増加するリツイート数を見て「うん、これバズりそう」と大庭が言いながらコメントを入れる。

『猫漱石と読書会? めちゃくちゃ面白そう!』

『うわ、店の雰囲気素敵!』

呼び水になったのか、好意的な言葉がタイムラインにあふれていく。

どうやら出だしは上々のようだ。ホッとする。

しばらく休んでいたのもよかったようで、猫の毛を思い出す人間はほとんどいない。

「いいスタートが切れそうですね」

寒月が言う。

亜紀はなんだか泣きそうになりながらも、頷く。

「素敵なお店にします。たくさんの人が楽しめる場所に」

ここなら、きっと上手《うま》くいく。

亜紀の胸で枯れかけていた自信が芽吹いていた。

5

千駄木《せんだぎ》のとある古いオフィスビル。看板には「文京トラスト」とある。

ここに来るのは十二月に仕事を辞めて以来、およそ三ヶ月ぶりだった。

久々に古巣に顔を出した寒月は、よどんだ空気を吸い込んで吐き気を感じた。

ここにいた時には気づかなかったけれど、負の感情というのは空気に紛れ、伝播《でんぱ》していく。

長くいる場所ではないと思う。病んでしまう、かつての寒月のように。

「ふざけんなよ！　まだ落とせねえのかよ！」

「こ、今月中にはなんとか！」

湯島《ゆしま》に向かってへこへこと頭を下げる見知らぬ男を何気なく見ていると、その人物と目が合った。彼はぎょっとしたように目を見開いた。

寒月も同様だった。

見知らぬ男だと思っていた彼が湯島だった。そして、寒月が湯島だと思っていたのが湯島の上司だった。

湯島は寒月の来訪を知ると、先ほどの卑屈な表情を捨てていつもの尊大な顔を貼り付ける。

ようやく知っている顔を見てホッとするものの、かつて自分も周囲からはこう見えたのかもしれないと感じた。

もしここから抜け出せなかったらどうなっていたか、そう思うとゾッとする。

あの時の出会いに思わず感謝する。

「何の用だよ」

「少しお話が」

「忙しいんだ」

「すぐに終わりますから、お願いします」

頭を下げ、下手に出ると湯島はちっと舌打ちをしつつも頷いた。

彼の案内で非常階段に向かう。

着くなりさっそくたばこをくわえた彼に寒月は切り出した。

「おれのアパートで火事があったんですよね」

湯島は火をつけようとしていたたばこを口から落とした。

「へえ」

たばこを拾いながら、湯島は笑う。

「そりゃあ、ご愁傷さまなことで」

「ありがとうございます。ところでこれが何かわかりますか?」

寒月は鞄《かばん》から密封したたばこの吸い殻《がら》と、クリアファイルに入った書類を取り出す。

「たばこの吸い殻と、DNAの鑑定書です」

とたん、湯島の顔色がさっと変わった。

火をつけるのを止め、慌ててたばこを口から外すと、胸のポケットにしまい込む。

寒月が持ってきたたばこと銘柄は同じだった。

(ただし)

たばこはこの間、湯島が店で吸ったものだ。

カマをかけるためにわざと出どころを言わなかったが、この話の流れで勘違いするということは、寒月の仮説が裏付けされたということだった。

寒月はポケットの中を探り、ボイスレコーダーのスイッチを入れる。

「現場には吸い殻が落ちていたんです。それが火事の原因らしいって言ってました」

湯島の手が細かく震え出す。

「現住建造物放火罪ってご存じです？　死刑又は無期懲役もしくは五年以上の懲役――」

そこまで言うと湯島は青くなって叫んだ。

「俺はやってねえ！　たまたまそこでタバコ吸ってただけで……！　しかも燃えたのはゴミだけだろうが！」

（湯島さん、それはもう自白ですけど）

小さくため息を吐く。哀れみは感じたけれど、容赦はしない。

この男は、亜紀を傷つけた。

確かに、あの一連の事件を乗り越えたおかげで亜紀も店も大きく成長したかもしれない。

だが、寒月は結果オーライなどとは決して言わない。

「でも湯島さんには『動機』がありますよね？」

ひゅっと息を呑《の》む音がした。

「ど、動機って、なんだよ」

「アパートが燃えたら、地上げも楽でしょう」

「さっきから、なんだよ。しょ、証拠でもあるのかよ！」

二度とこいつを亜紀に近づけさせない。

寒月はさらにもう二通書類を出す。

「こちらは、あなたが食べた料理に入っていた猫の毛のDNA鑑定書です」

湯島が店の料理に混ぜたものだ。

「そしてこちらがあの店の猫のもの。別の猫だと判明しました。明らかな嫌がらせですよね？」

「猫のDNA鑑定？……そ、そんなことできんのか、よ」

DNA鑑定は人専門だとでも思っていたのだろうか。苦笑いをしつつ、寒月はとどめを刺すことにした。

「放火ではなく、失火なら、五十万以下の罰金ですむらしいですよ」

「……失火……」

湯島の顔からは血の気が引いていた。

寒月には湯島がかつての自分に重なった。

（ここまでで十分か）

これ以上追い詰める必要性は感じられなかった。窮鼠《きゅうそ》猫を噛《か》むとも言うし、亜紀に後味が悪い思いをさせるわけにもいかない。

（だけど、焦げた床材の張《は》り替《か》え代くらいはもらっていいかもしれないな）

寒月は言う。

「こちら、百万でどうですか？」

　嫌がらせのお返しに一言を吐くと湯島は「そんな金があると思ってんのかよ！」と泣きそうな顔になった。

湯島にそんな金がないことは、この会社に勤めていたから知っている。

「もちろん思ってませんよ。ですから、おれの頼み事を聞いてくれたら、ただでお渡しします」

「まじか」

　湯島はすがるように寒月を見た。だが、すぐに胡散臭《うさんくさ》そうに眉《まゆ》を寄せる。

「そんなうまい話があるわけねえだろ。頼み事、ってなんだ。人を殺してこいとか言わねえよな？」

　寒月は「簡単なことですよ」と爽やかに笑った。

「今後、あの店と亜紀さんに手出しはしないでくださいね」

＊

　そして迎えたリニューアルオープンの日。

　新しいメニューも準備万端。ストックも十分で、今か今かと出番を待ち構えている。

「大丈夫、きっと」

自分に言い聞かせていると、寒月が「もちろんです」と頷《うなず》く。

亜紀は新しく作った看板を掛ける。

そこには『漱石ねこ茶房』と書かれている。

先日保健所に届け出て、店の名前を『カフェすぷりんぐ』から『漱石ねこ茶房』へと変更したのだ。

看板は当初のデザインとは異なってしまったけれど、出来は最高だった。

無垢材《むく》に『漱石ねこ茶房』と書かれただけの素朴なもの。

だが、その字は『本人』が書いた字を元にして彫ってある。

漱石直筆の貴重なものなのだ。

看板をかけ終わり振り向くと、視界いっぱいに花が現れた。

「リニューアルオープン、おめでとうございます！」

「え⁉」

寒月と真砂と大庭が花のアレンジメントを差し出していたのだ。

サプライズに驚いた亜紀は、思わず涙ぐみそうになる。

表のベンチに腰掛けて待っている客の顔を見回した。

真砂、大庭、それから常連の神田たち。

加えて新規の客が二十人ほど。初日から満員御礼《まんいんおんれい》だ。
賑《にぎ》やかなスタートを切れる喜びに、じん、と胸が震える。
亜紀は溢《あふ》れそうになる涙を指で拭《ぬぐ》うと、花にも負けない笑みを浮かべた。

「それでは、『漱石ねこ茶房』オープンです！」

〈引用文献〉
3　太宰治『太宰治全集第三巻　筑摩全集類聚』類聚版第七刷、303ページ、一九八三年、筑摩書房
※172ページ13行目の『　』で括《くく》った台詞《せりふ》は、右記より本文を引用しています。

あとがき

お久しぶりです、山本風碧《やまもとふみ》です。

このたびは「千駄木《せんだぎ》ねこ茶房《さぼう》の文豪《ぶんごう》ごはん」第二巻を手にとっていただきまして、ありがとうございます！

装いも趣《おもむ》きも新たな第二巻、楽しんでいただけたでしょうか。

亜紀《あき》と寒月《さつき》と猫先生にまた会いたいなぁ……と願い続けて一年。憧れ続けたコミカライズ、さらには続刊のお話をいただくことができました。

実は東京に用事があるたびに根津《ねづ》神社にお参りしていたのですが、お話が決まった時、ご利益すごい！　と感動しました！（笑）

七野《ななの》なずな先生によるコミカライズ、読んでいただきましたでしょうか？　毎回、亜紀の奮闘にハラハラしつつ、猫先生の可愛《かわい》らしさに癒やされ、寒月の色気にドキドキさせられ……、と本当に素晴らしいコミカライズです！　マンガUP！さんで連載中なので、ぜひ読んでいただけたらと思います！

第二巻、執筆中はとても幸せな時間でした！

幸せでしたが、第一巻と同じく無謀な挑戦でもありました！

まず登場する文豪の候補を探すため、資料を集め始めたときに青くなりました。

文豪個々人の参考資料が、夏目漱石《なつめそうせき》の資料ほど存在しなかったのです！　というより、漱石の資料が特別に多いのですが。あらためて漱石という人がどれだけ愛されているのかを知ってびっくりしました。

それでもなんとか集めた資料から、登場する文豪を選ぶことにしたのですが……漱石を取り巻く人物はとても多く、そしてそれぞれに魅力的で、選ぶのが大変でした。

「芥川龍之介《あくたがわりゅうのすけ》」には早いうちに登場していただくことに決めたのですが、問題は次の候補。

親友の正岡子規《まさおかしき》、ライバルの森鷗外《もりおうがい》……と漱石に縁ある文豪について調べたものの、なかなかキャラクターが動き出さなくて、さらには物語になかなか絡んできてくれなくて、頭を抱えました。

ですが、漱石からはちょっと縁遠いかも……とリストから外していた「太宰治《だざいおさむ》」が頭にひらめいた途端、彼が「おれを書いてくれ」と訴えて来まして（笑）、よっぽど芥川龍之介に絡みたかったのでしょう。これは登場してもらうしかないな、と（笑）。

彼の熱意のおかげでお話が書けたようなものです！　本当に楽しかったです！

最後に、続刊のためにご尽力いただき、ためになるご助言をたくさんくださった編集様。第一巻に引き続き素晴らしい装画を描いてくださいました花邑《はなむら》まい先生。素敵なコミカライズを手掛けてくださいました七野なずな先生、校正様、デザイナー様、営業様……この本に関わってくださった皆様、本当にありがとうございました！

そしてこの本を手にとっていただいた読者の方々。

装いを新たにした「ねこ茶房」、そして奇跡の木曜会で、また新たな文豪に出会えますことを祈っております！

山本風碧

参考文献

芥川龍之介『教科書で読む名作　羅生門・蜜柑ほか』筑摩書房　二〇一六年
芥川龍之介『羅生門・鼻』八十九刷、新潮社　二〇二一年
嵐山光三郎『文人悪食』十四刷、新潮社　二〇一八年
石井千湖『文豪たちの友情』立東舎　二〇一八年
板野博行『眠れないほどおもしろいやばい文豪』三笠書房　二〇二〇年
大本泉『作家のごちそう帖　悪食・鯨飲・甘食・粗食』平凡社　二〇一四年
小野正文『太宰治をどう読むか』未知谷　二〇〇六年
河内一郎『漱石、ジャムを舐める』新潮社　二〇〇八年
香日ゆら『漱石とはずがたり　1』ＫＡＤＯＫＡＷＡ　二〇一四年
香日ゆら『漱石とはずがたり　2』ＫＡＤＯＫＡＷＡ　二〇一四年
香日ゆら『先生と僕　夏目漱石を囲む人々　青春篇』河出書房新社　二〇一八年
香日ゆら『先生と僕　夏目漱石を囲む人々　作家篇』河出書房新社　二〇一八年
進士素丸『文豪どうかしてる逸話集』ＫＡＤＯＫＡＷＡ　二〇一九年
新宿区文化観光産業部文化観光課編『新宿区立　漱石山房記念館』公益財団法人新宿未来

創造財団　二〇一七年
太宰治『教科書で読む名作　走れメロス・富嶽百景ほか』筑摩書房　二〇一七年
太宰治『太宰治全集第三巻　筑摩全集類聚』類聚版第七刷、筑摩書房　一九八三年
太宰治『人間失格』二百九刷、新潮社　二〇二一年
土井中照『大食らい子規と明治―食から見えた文明開化と師弟愛―』アトラス出版　二〇一七年
十川信介編『漱石追想』第四刷、岩波書店　二〇一八年
夏目鏡子・松岡譲『漱石の思い出』第十四刷、文藝春秋　二〇一六年
三好行雄編『漱石書簡集』第二十七刷、岩波書店　二〇一八年

富士見L文庫

千駄木《せんだぎ》ねこ茶房《さぼう》の文豪《ぶんごう》ごはん 二
あったか牛鍋《うしなべ》を囲《かこ》む愛弟子《まなでし》との木曜会《もくようかい》

山本風碧《やまもとふみ》

2021年11月15日　初版発行

発行者　青柳昌行
発　行　株式会社 KADOKAWA
〒102-8177　東京都千代田区富士見2-13-3
電話　0570-002-301（ナビダイヤル）

印刷所　株式会社暁印刷
製本所　本間製本株式会社
装丁者　西村弘美

定価はカバーに表示してあります。

◇◇◇

●お問い合わせ
https://www.kadokawa.co.jp/（「お問い合わせ」へお進みください）
※内容によっては、お答えできない場合があります。
※サポートは日本国内のみとさせていただきます。
※Japanese text only

ISBN 978-4-04-074322-6 C0193